ōnishi kyojin
大西巨人

春秋の花

Kodansha Bungei bunko

目次

夏の部

秋の部

冬の部

春秋の花

はしがき

　この詞華集内容は、もと『週刊金曜日』一九九三年十一月五日創刊号から同誌一九九五年十一月二十四日号まで、百回連載せられた（『週刊金曜日』創刊準備のため、『月刊金曜日』が、一九九三年七月号より十月号まで発行せられ、その八月、九月、十月の各号にも連載が行なわれたから、通算百三回、ただし作者略歴部分――極めて簡短な作者履歴および同人作の他の詩文一つ――は、本書刊行に際して書き下ろし）。

　足かけ三年の連載間、私は、掲載号の季節と掲出詩文のそれとをおおよそ合致せしめ、その間に言うなれば「無季」の詩文をよろしく按排した。今度の上梓に当たって、私は、合計百三篇の掲出詩文のうち、「有季」のそれらを改めて春夏秋冬の四部に配分し、「無季」のそれらを新たにその間にほどよく配列した（「解説」中の引用詩文を合わせて、本書に出ている詩文は、総計三百五十余篇）。

雑誌連載開始のとき、私は、〝私の書くものに創意発明は何もあり得まいものの、読者諸氏にいくらかの感興および利益をもたらすことができたら、幸甚。〟と述べた。ここでも、私は、同様のことを述べる（願望する）ばかりである。

　また雑誌連載開始のとき、私は、「筆者は、記憶の中の詩文を随意に取り出すのであり、特別これを書くための調査・渉猟を試みるのではないから、そこにそれゆえの片寄りというか不都合が生じはするまいか、と危惧する。その点について、筆者は、あらかじめ大方の寛容を乞うておかねばならない。」と言った。この「はしがき」においても、私は、やはりそのことを大方にお断わりする。

　なお、引用に際して、私は、原典のかな遣いに従ったが、原典が旧かな遣いの場合にも、促音ならびに拗音に関する「字を小さくする書き表わし方」は、これを（従来の我流どおりに）採用した（漢字は、総じて新字体）。

春の部

前途は遠い。而して暗い。然し恐れてはならぬ。恐れない者の前に道は開ける。
行け。勇んで。小さき者よ。

有島武郎

小説家・批評家。東京生（一八七八〈明治一一〉～一九二三〈大正一二〉）。札幌農学校卒・ハーヴァード大学院修。『生れ出づる悩み』、『カインの末裔』、『或る女』、『宣言』、『惜みなく愛は奪ふ』、『宣言一つ』など。

＊世の常のわが恋ならばかくばかりおぞましき火に身はや焼くべき

短篇『小さき者へ』〔一九一八〕の結び。妻に先立たれた父が母のない三人の子に与えた言葉。しかしまた、困難を冒して人生社会の険阻を行く者の堅持するべき心構えでも、それは、あろう。昨一九一七年盛夏には名作『カインの末裔』が発表せられ、翌一九一九年晩春には傑作『或る女』後篇が脱稿せられた。そののち最期まで、有島は、恐れることなく勇んで前進しつづけたのであったにちがいない。

しみじみとけふ降る雨はきさらぎの春のはじめの雨にあらずや

若山牧水（わかやまぼくすい）

歌人。本名は繁（しげる）。宮崎県生（一八八五〈明治一八〉～一九二八〈昭和三〉）。早稲田（わせだ）大英文科卒。『別離』、『路上』、『みなかみ』、『くろ土』、『山桜の歌』など。

＊朝酒はやめむ昼ざけせんもなしゆふがたばかり少し飲ましめ

歌集『くろ土』（一九二一）所収。約五十年前、軍隊での話。同年兵のその「東京帝大出」一等兵を、一等兵私は、人間的にも学芸的にも正当に軽蔑（けいべつ）していた。二月初旬の雨の一日、彼は、掲出歌を彼自身の作かのように、ふとくちずさんで、「どうかね、この歌は。」と問うた。私は、その一首に初めて接した。「ふぅむ。お前にしては、恐ろしゅう上出来だなぁ。」と私は、心中ほとんど驚嘆して答えた。三、四呼吸ののち、彼が、にやにやしながら、「こりゃ、牧水の歌だよ。」と言った。いまも私は、「お前にしては」抜きで、「恐ろしゅう上出来」の一首と考える。

紅梅や見ぬ恋つくる玉すだれ

松尾芭蕉

俳人。本名は忠右衛門（甚七郎宗房）。三重県（伊賀上野）生（一六四四〈正保一〉～一六九四〈元禄七〉）。もと藤堂良忠に仕えたが、のち下野し、句作に専念し、諸国を行脚した。俳諧における「蕉風」の創始者。『俳諧七部集』、『野ざらし紀行』、『笈の小文』、『奥の細道』など。

＊此秋は何で年よる雲に鳥

岩波文庫版『芭蕉俳句集』〔一九七〇〕所収。説話集『十訓抄』とか謡曲『鸚鵡小町』とかを踏まえた作というのが定説であろう。とはいえ、そんな知識は鑑賞に必ずしも不可欠の条件でもあるまい。旋頭歌「玉垂の小簾の隙きに入り通ひ来ねたらちねの母が問はさば風と申さむ」〔『万葉集』巻十一〕は可憐な上代乙女の心意気を、また短歌「偽も似つきてそ為る何時よりか見ぬ人恋ふと人の死にせし」〔同上〕はやや年長の上代婦人の機智を、それぞれ活写しているが、掲出句はうら若い近世男子の心情をさながら表現している。いや、現代の――といっても約六十年前・思春期の――私も、散歩の途上などで、玉だれならぬコンクリート塀内のしかるべき邸宅から聞こえるピアノか琴かの音に「見ぬ恋つくる」を地で行ったこともあった。

おれは上り坂を上って行くぞ。「死」のことはわからぬ、わからぬけれど上り坂だ。

中野重治

詩人・小説家・批評家。福井県生（一九〇二（明治三五）～一九七九（昭和五四））。東大独文科卒。『中野重治詩集』、『村の家』、『歌のわかれ』、『鷗外　その側面』、『甲乙丙丁』など。

*今日の逢ひいや果ての逢ひと逢ひにけり村々に梅は咲きさかりたり

短篇『写しもの』（一九五二）の主人公安吉（作者中野と同年配・五十歳そこそこ）の心内語。森鷗外作『妄想』中の有名な〝死を怖れもせず、死にあこがれもせずに、自分は人生の下り坂を下って行く。〟にたいする安吉の「何をぬかすか。そう書いたとき、鷗外その人は年いくつだったというのか。」という思考に続くもの。壮年期へ歩み進もうとする作家中野の文学的・人間的なたくましい決意表明。おなじころ「わたしの上に、壮年期以後の努力の美しさがありますよう。」（「新潮文庫」版『中野重治詩集』の「前書き」）という言葉もある。

いまもなほ、青き顔して、
革命を、ひとり説くらむ。
ひさしく逢はず。

土岐善麿

歌人・批評家。号は哀果。東京生（一八八五〈明治一八〉～一九八〇〈昭和五五〉）。早稲田大英文科卒。『黄昏に』、『佇みて』、『空を仰ぐ』、『作者別萬葉全集』、『明治大正藝術史』、『田安宗武』、『早稲田抄』など。

＊杜かげに新しき家のまた建つや往かひしげき人の寂しさ

歌集『黄昏に』（一九一二）所収。巻首に「この小著の一冊をとって、友、石川啄木の卓上におく。」という献詞が見られる。啄木の第一歌集『一握の砂』は前年（一九一一年）の出版。善麿（当時の号は哀果）のローマ字・三行書き第一歌集『NAKIWARAI』は、そのまた前年（一九一〇年）の刊行。啄木没後数年、善麿の「啄木追懐」五首中の一首に「『おいこれからも頼むぞ』と言ひて死にしこの追憶をひそかに怖る」（『雑音の中』）がある。掲出歌の対象は、啄木その人であろうか。

この心あながちに切なるもの、とげずと云ふことなき也。

道元

曹洞宗の禅僧。京都生（一二〇〇〔正治二〕～一二五三〔建長五〕）。永平寺の開山。『正法眼蔵』、『学道用心集』、『永平清規』など。

＊山のはのほのめくよひの月影に光もうすくとぶほたるかな

『正法眼蔵随聞記』〔一二三〇年代後半成立〕所収。言うまでもなく掲出語は、仏道（欣求の志）にかかわる。私は、「無縁」の人間であるが、そういう人間として、この語をたいそう尊重してきた。長篇『神聖喜劇』全八部を私が書き上げるまでには、だいぶん長い年月の起伏があって、私といえども心衰えるおりおりがなくはなかった。そのようなおりおり、私は、掲出語ないし'Where there's a will, there's a way.'という語を心に念じて、私自身を激励した。いまも私は、制作について、また人生社会の万般について、掲出語を大いに尊重している。

隼人(はやひと)の名(な)に負(お)ふ夜声(よごゑ)いちしろくわが名は告(の)りつ妻と恃(たの)ませ

『柿本人麻呂(かきのもとのひとまろ)歌集』

万葉歌人の第一人者とせられる柿本人麻呂(かきのもとのひとまろ)の歌集。収録のすべてがすべて必ずしも人麻呂の作品ではないということについては、古来、諸家の説が一致しているが、その「人麻呂作」と非「人麻呂作」との割合(わりあい)については、説がいろいろに分かれていて、未だ定説がない。

＊御食向(みけむか)ふ南淵山(みなぶちやま)の巌(いはほ)には降(ふ)れるはだれか消え残りたる

＊遠妻(とほづま)と手枕(たまくら)交(か)へてさ寝(ぬ)る夜(よ)は鶏(とり)が音(ね)な鳴(な)き明けば明けぬとも

『万葉集』巻十一所収。上代婦人のおおらかな・しかも凜乎たる気風が、首尾を支配する。〝あなたのプロポーズにお応えするべきことを、私は、こんなにはっきり言いました。この上は妻として頼りになさいませ。〟というのが、明白な歌意。「隼人の名に負ふ夜声」は「いちしろく（はっきり）」の序詞にほかならぬが、たとえば橋本経亮著『梅窓筆記』（一八〇六）に、「上世ノ遺風ニテ隼人（宮廷の守衛）ノ犬声セシコトアリシガ、絶エタルモ久シキコト也。」という記述があるように、上代における「隼人の夜声」は「犬声」を表わす。すなわち今年（一九九四年）の干支に因みの掲出。

生々しい感動が、これほど静かに語られたことはない。氏は、確信をもって語ってゐるのだ、「痴人こそ人間である」と。氏の「この人を見よ」である。

小林秀雄

批評家。東京生（一九〇二〈明治三五〉〜一九八三〈昭和五八〉）。東大仏文科卒。『様々なる意匠』、『無常といふ事』、『モオツァルト』、『ドストエフスキイの生活』、『本居宣長』など。

＊毒は薄めねばならぬ。だが、私は、相手の眉間を割る覚悟はいつも失ふまい。〔エッセイ『批評家失格　Ⅰ』より〕

エッセイ『谷崎潤一郎』〔一九三一〕の結論的部分。「『痴人の愛』は痴人の哲学の確立である。世を嘲笑する術を全く知らず、進んで敗北を実践してきた氏の悪魔が辿り着いた当然の頂である。」という言葉が、掲出断章に先行する。むろん「氏」は、谷崎潤一郎を指す。谷崎前半期の特色が、そこにあざやかに析出せられていて、したがって同時に小林初期の積極面が、ここにまずは外連味なく顕現せられている。

うちなびき春は来にけり青柳（あをやぎ）のかげふむ道に人のやすらふ

藤原高遠（ふぢはらのたかとほ）

歌人（中古三十六歌仙）。京都生（九四九〔天暦（てんりゃく）三〕？〜一〇一三〔長和（ちょうわ）二〕？）。『藤原高遠集』など。

＊みごもりの沼の岩垣つつめどもいかなるひまに濡（ぬ）るる袂（たもと）ぞ

『新古今和歌集』所収。「うちなびき」は「春」の枕ことば。頃日たまたま私の妻が〝『古今和歌集』の「秋来ぬと目にはさやかに見えねども風のおとにぞおどろかれぬる」〔藤原敏行〕は、いかにも如実に秋の訪れを感ぜしめる。春の到来を詠じて敏行の作に匹敵する古歌は？〟と問うた。咄嗟に私は、掲出歌を口ずさみ、〝春の来着を表現した古歌秀吟は、むろん少なくないが、もう長らく、私は、その種のものとしては、そのたびにまずたちまち掲出歌を思い浮かべる。〟と答えた。〝Spring has come.〟というよりも、むしろ〝Spring is here.〟という感じをさながら樸直に表わしている作として、私は、数十年このかた掲出歌を愛重してきたのである。

まああなた方のやうな若い時代が人生の花だ。わし見たいな老人を相手にせずと、子供はやっぱり子供同士で遊んだ方がつきづきしいだらう。

谷崎潤一郎

小説家。東京生（一八八六〔明治一九〕～一九六五〔昭和四〇〕）。東大国文科中退。『痴人の愛』、『蓼喰ふ蟲』、『卍』、『春琴抄』、『鍵』、『瘋癲老人日記』など。

＊ゆふさればくぬぎ林に風立ちて国栖のやまさと秋は来ぬらし

戯曲『鶯姫』〔一九一八〕の登場人物大伴先生（女学校の国語教師）の台詞。古語形容詞「つきづきし」は〝ふさわしい〟とか〝ぴったり〟とかの意。『徒然草』の中で少年中期の私はこの語に初めて出会った。そののち『宇津保物語』、『枕草子』その他の中でも何度か出会った。それでも、この語が私の心に入ったのは『鶯姫』を少年後期の私が初見したときであった。この語を私は私の文中に（文体・文脈の必然において）用いたく久しく念願してきたが、ようやく三十余年後、『神聖喜劇』第三部「運命の章」で望みを遂げた。

夜の雨偸かに湿して
曽波の眼新たに嬌びたり
暁の風緩く吹いて
不言の口先づ咲めり

紀長谷雄

漢学者・詩人。字は寛。京都生（八四五〔承和一二〕～九一二〔延喜一二〕）。文章博士。『本朝文粋』、『朝野群載』などに収録。

*門前ハ秋水、後ハ秋山／尽日粛粛トシテ眺望閑ナリ／人到ラズシテ路攀ヂ難シ／唯例ニ随ッテ暮雲ノ還ルヲ看ル〔詩『山河ノ秋ノ歌』、原漢文〕

『和漢朗詠集』所収。『桃始めて華さく序』という題からしても、むろん「不言の口」は古諺「桃李言ハザレドモ下自ラ蹊ヲ成ス。」の「桃の花」である。『VIKING』今年〔一九九五年〕三月号所載・九野民也作「かぼちゃのような峰々のふもと／やまめうぐいが瀬々に泳ぎ／とんびが風に乗って鳴いている／山腹は雛壇よろしく桃林」〔『山村』〕という爽快な四行詩は、若山牧水の「瀬瀬走るやまめうぐひのうろくづの美しき春の山ざくら花」という秀吟を私に思い出させるが、それよりも少し早い時期の風光か。ともあれ、真のエロティシズム表現は、掲出詩のごとく、さわやかにしてなまめかしくあらねばならぬ。

もう春が近くなってゐた。いや来てゐたのかもしれない。営庭の楊樹には小さい緑の萌しが斑らにその枝を這ってゐた。

北川晃二

小説家。福岡県生（一九二〇〈大正九〉～一九九四〈平成六〉）。西南学院高等部卒。『逃亡』、『黙してゆかむ』など。

＊若い君たちに／忘れずに云ってほしい／つぶやきではなく　大声で／「素晴らしいことがきっと起こる」〈詩『若ものに』の終節〉

作品集『逃亡』〔一九四八〕所収中篇『逃亡』〔一九四六〕の冒頭。太平洋戦争は、その参戦者たち大岡昇平や小島信夫やによる幾つかの優秀な「戦場の小説」を生んだ。『逃亡』も、その数少ない一つ。この効果的な書き出しは、「楊柳楊柳／裊裊随風急」〔夷陵女子〕の佐藤春夫による名訳「やなぎや柳／なよなよと風になびきてしどけなし」〔『車塵集』〕を人に思わせもするが、むろん『逃亡』は、しかく浪漫的一色ではない。梅崎春生の、これも勝れた「戦場の小説」『日の果て』〔一九四七〕が、この北川作中篇の影響下に制作せられた。

山焼けば鬼形の雲の天に在り

水原秋桜子

俳人。本名は豊。東京生（一八九二〈明治二五〉～一九八一〈昭和五六〉）。東大医学部卒。『葛飾』、『秋苑』、『重陽』、『霜林』、『帰心』、『餘生』など。

＊餘生なほなすことあらむ冬苺

句集『秋苑』（一九三五）所収。「題役行者像」という「前書き」付き。私は五十数年前（句集上梓当時）に読んで、その柄ないし調べの壮大さに感銘したのであったが、敗戦後今日まで長らく村上鬼城の作と誤信してきた。このたび確かめて私は私のあやまりを思い知った。その錯覚は「鬼」という字の共在のせいであったらしい。この句から私がほとんど必ず上島鬼貫の秀作「ひうひうと風は空行く冬牡丹」へ思い至ったのも、「鬼」という字の共在のせいにちがいない。関連して私が谷崎潤一郎の初期中篇『鬼の面』（一九一六）をしばしば思い起こしたのも、同様の理由であったろう。

旅芸人や乙鳥の訪れと一緒に、甲州盆地の町にも遅い春が流れ込んで来た。

吉川英治

小説家。本名は英次。神奈川県生（一八九二〈明治二五〉～一九六二〈昭和三七〉）。高等小学校中退。『剣難女難』、『鳴門秘帖』、『万花地獄』、『宮本武蔵』、『新平家物語』など。

＊我以外、皆、我師。

長篇『万花地獄』〔一九二九〕の書き出し。六十余年前の少年前期、私は、それを読んだ。約三十年前の四十代半ばごろ、私はチェーザレ・パヴェーゼ作（三輪秀彦訳）『女ともだち』〔白水社刊〕を読んだ（パヴェーゼの原作は一九四九年出版）。それは「軽業師やヌガーの行商人のように、わたしは一月の最後の雪とともにトリノへ着いた。」と書き出されていて、たちまち私は掲出文を連想した。むろん私は影響だの模倣だのを云云しようとするのではない。両者の相似ないし暗合の妙に私は感嘆するのであり、一小部分の顕著な類同と全篇の「スッポンと月」的な異同との文芸上対照に感じ入るのである。

降りしきる桜の花にうづもれて死なんとぞ思ふ乙女(をとめ)なり我(われ)は

谷崎松子(たにざきまつこ)

歌人・随筆家。旧姓は根津(ねづ)(谷崎潤一郎の妻)。大阪府生(一九〇三〈明治三六〉～一九九〇〈平成二〉)。府立清水谷(しみずだに)高女中退。『倚松庵の夢』、『八十公子歌集』など。

＊たのめつる人の手枕かひなくて明けぬる朝の静心なき

谷崎潤一郎随想集『初昔・きのふけふ』〔一九四二〕の『初昔』所収。大岡昇平作中篇『花影』〔一九六一〕に、「二人で吉野に籠ることはできなかったし、桜の下で死ぬ風流を、持ち合せていなかった。」という叙述がある。むろん「桜の下で死ぬ風流」は、西行法師の有名な「ねがはくは花の下にて春死なむ……」を指す。桜吹雪の下で死ぬという表象は、むかしから日本人の心を捕らえてきたとみえる。掲出歌は「乙女」の才走った歌か。作者は、「乙女」として死ぬことはなく、「朝寝髪枕きてめでにしいくとせの手馴れの顔も痩せにけらしな」〔『都わすれの記』、一九四八〕と潤一郎に歌われつつ、敗戦後現代にまで生き延びた。

夫婦ながらや夜を待つらん
まことにはまだうちとけぬ中直り

『犬筑波集』

初期俳諧発句付け句集。山崎宗鑑編。一五三九年〔天文八年〕ごろ成立。

＊無念ながらもうれしかりけり〃去りかぬる老妻を人にぬすまれて

＊尻毛をつたふしづくとくとく〃水鳥の尾の羽の氷今朝とけて

『新撰犬筑波集』所収。この前句・付け句を私が読む（思い浮かべる）たびに、森鷗外作短篇『半日』〔一九〇九〕中の「〔文学博士高山峻蔵」の〕体と〔その「奥さん」の〕体とが相触れて、妙な媾和になることもある。」という断章が私の頭に出て来る。書名に「犬」の字が冠せられた集中の掲出付け合いは、それだけに必ずしも品の高い言語表現ではないようであり、また『半日』中の断章も（殊に鷗外文としては）同断であろうが、いずれも、邪気のないほのぼのとしたエロティシズムが人性の機微をうがっている。ただし、私一己は、そういう成り行きを是認しない。

「永遠の叛逆者」の前奏曲は奏(かな)ではじめられた。その道を阻(はば)むものは、焼きつくされるであらう。生命(いのち)まで燃焼しつくして――何処(いづこ)へ行く。独(ひと)り行く者の跡(あと)を追ふものは誰か。

織田正信(おだまさのぶ)

イギリス文学研究家。東京生（一九〇三〈明治三六〉～一九四五〈昭和二〇〉）。東大英文科卒。『ジョージ・ギッシング』、『D・H・ロレンスの手紙』など。

＊誰の作を読むにしても、其の作者の生活と思想とに結び付けて考へて見る事は、忘れてはならない事である。

〔『「有島武郎集」の後に』の冒頭〕

改造社版「現代日本文学全集」第二十七篇〔一九二七〕所収『「有島武郎集」の後に』の結末。六十余年前、中学一年生私は、同全集で『カインの末裔』、『生れ出づる悩み』、『或る女』その他を、また掲出文を、初めて読み、感動感激した。爾来、今日まで、有島作諸篇にたいするそれとともに、掲出文にたいする感動感激は、私の中に持続する。いまも私は、掲出文を銘記していて、忘れない。少年私は、『「独り行く者の跡を追ふものは」おれだ。』とひそかに思ったのであったが。

春の夜は馴れにし妻も羞ぢにける

日野草城

俳人。本名は克修。東京生（一九〇一〔明治三四〕～一九五六〔昭和三一〕）。『花氷』、『青芝』、『昨日の花』、『轉轍手』、『旦暮』、『即離集』など。

＊裸婦の図を見てをりいのちおとろへし

　句集『日暮』〔一九四九〕所収連作「奈良ホテル―銅婚旅行」の一句。このノンフィクション連作中には「おぼろ夜の妻よ古りついや愛し」もあり、それは、斎藤茂吉歌集『あらたま』〔一九二一〕所収「かなしかる初代ぽんたも古妻の舞ふ行く春のよるのともしび」を私に連想せしめる。草城は、その数年前、句集『昨日の花』〔一九三五〕所収連作「ミヤコ・ホテル」によって俳壇内外に賛否両論の物議をかもした。「けふよりの妻と来て泊つる宵の春」に始まるそのフィクション「新婚旅行」連作中には「をみなとはかかるものかも春の闇」もあり、それは、茂吉歌集『赤光』初版〔一九一三〕所収「ほのかなるものなりければをとめごはほほと笑ひてねむりたるらむ」を私に連想せしめる。

（家で餓鬼が燕のような口を開いて待っとるでな）
大八車にしがみついた源さの姿は黄塵の中に消えた

吉田欣一

詩人。岐阜県生（一九一五〔大正四〕～二〇〇九〔平成二一〕）。高等小学校卒。建築労働者。『歩調』、『レールの歌――ぼくの松川詩集』、『わが射程』、『わが別離』、『吉田欣一詩集』など。

＊今日は伊吹山が姿を見せない／あるがままにあるものの美しさ／俺の精神の郷愁のように／今日は伊吹山が姿を見せない〔詩『伊吹山慕情』の一篇〕

詩集『歩調』（一九五一）所収。短詩『途上』の冒頭二連。作者は、一九三〇年代プロレタリア詩運動このかたの民衆詩人。与謝野礼厳（寛の父）の「うつばりに黄なる嘴五つ鳴く雛に痩せて出で入る親燕あはれ」（『礼厳法師歌集』、一九一〇）が、私に連想せられる。『途上』制作後数十年、吉田の詩集『日の断面』（一九九〇）所収『かわいそうなあいつ』中に、「年とったらもっと可愛げがあっても／よさそうなのに／相変らずの憎まれ口。」という自己凝視の三連が、存在する。私は、身につまされる。

佐保神(さおがみ)の陰(ほと)覗(のぞ)かする尊さよ

金子兜太(かねことうた)

俳人。埼玉県生(一九一九〈大正八〉~二〇一八〈平成三〇〉)。東大経済学部卒。『蜿蜿』、『暗緑地誌』、『定住漂泊』、『皆之』、『二度生きる』など。

*晩夏一峯あまりに青し悼(いた)むかな

『海程』四月号（一九九五）所載『東国抄(95)』六句のうち。往往にして兜太の作は、破礼句と一、二髪の危局的な境地に、しかも秀逸として、見事に成立する。たとえば「陰しめる浴みのあとの微光かな」（『暗緑地誌』）、「谷に鯉もみ合う夜の歓喜かな」（同上）、「華麗な暮原女陰あらわに村眠り」（『金子兜太句集』）が、私に思い出される。また私が佐藤鬼房の優作「陰に生る麦尊けれ青山河」（『地楡』）を思い合わせるのは、「陰」なり「尊し」なりという語ならびに神話伝説にたいする依拠の共存共通のゆえであるが、同時に「陰」がいずれも「自然（季節ないし大地）」を直に指示しているゆえである。

行きくれて木(こ)の下陰(したかげ)を宿とせば花や今宵(こよひ)のあるじならまし

薩摩守忠度(さつまのかみただのり)

歌人。京都生(一一四四〔天養(てんよう)一〕～一一八四〔元暦(げんりゃく)一〕)。『平忠度朝臣集』のほか、『千載集』、『新勅撰集』、『玉葉集』などに所収。

＊古郷(ふるさと)を焼野(やけの)の原(はら)にかへりみて末(すゑ)も煙(けぶり)の波路(なみぢ)をぞゆく

『平家物語』所収。歌意そのものは甚だ平明であり、別に解説の要もなかろう。その同書巻九「忠度の最後の事」や同書巻七「忠度の都落ちの事」(平忠度が歌道の師藤原俊成を夜半に訪ねた話)やは古来しばしば謡曲・狂言などの題材となり、尋常小学唱歌『青葉の笛』の二番にも歌い上げられて、たいそう名高い。私は、作者不詳の日本漢詩『桜花ノ詞』中の「零丁、宿ヲ借ル平ノ忠度」という句を、すぐに思い出す。同詩中の「滋賀ノ浦ハ荒レテ暖雪翻リ」という句は、忠度作「さざなみや志賀の都は荒れにしをむかしながらの山ざくらかな」(『千載集』)のこと。

老僧の眉がうごきて遠ざくら

鷲谷七菜子(わしたにななこ)

俳人。大阪府生(一九二三〔大正一二〕～二〇一八〔平成三〇〕)。府立夕陽丘(ゆうひがおか)高女卒。『黄炎』、『銃身』、『花寂び』、『游影』など。

＊朴(ほほ)咲けり雲のあかるさ遠くへ置き

句集『花寂び』（一九七七）所収。私は、掲出句から藤井竹外の「眉雪ノ老僧、時ニ帚クコトヲ輟メテ／落花深キ処ニ南朝ヲ説ク」（『芳野』）を思い浮かべ、またおなじ俳人の「滝となる前の静けさ藤映す」（『銃身』、一九六九）から許渾の「山雨、来タラント欲シテ風、楼ニ満ツ」を思い浮かべる。こういう連想は、俳人の心に染まぬか、と私は畏れもする。しかし、如上二句や「春愁やかなめはづれし舞扇」（『黄炎』、一九六三）、「牡丹散るはるかより闇来つつあり」（同上）やの愛誦者私に、むろん他意などのあろうはずもない。

遅ざくら咲きかたぶけり下道をわがゆくときに花片の散る

筏井嘉一

歌人。富山県生（一八九九〔明治三二〕～一九七一〔昭和四六〕）。高岡中学卒。『荒栲』、『籬雨荘雑歌』など。

＊寒夜には子を抱きすくめ寝ぬるわれ森の獣といづれかなしき

歌集『荒栲』（一九四〇）所収。斎藤緑雨の「枝折戸の闇を桜のそっと散る」（『あられ酒』、一八九八）が私に思い合わせられるものの、こちらは「遅ざくら」ではまずなかろう。「下道」は、ここでは「下照る道」と同義でなければならない。すなわち、また大伴家持の「春の苑くれなゐ匂ふ桃の花下照る道に出で立つ少女」（『万葉集』巻十九）が私に思い合わせられる。しかし、この「花」は、そもそも「さくら」ではない。「遅ざくら」は、牡丹桜の類か。与謝蕪村の「ゆく春や逡巡として遅ざくら」（『蕪村句集』）や黒柳召波の「ゆく春のとどまる処遅ざくら」（『春泥句集』）などが、やがて気がかりなく私に思い合わせられる。

『翁草』二百巻成就して、猶近年の奇事多ければ、筆を留めがたしとて、『塵泥』と名附る書四、五十巻を録せり。

田能村竹田

画家・詩人。字は君彝。通称は行蔵。大分県（豊後竹田）生（一七七七〈安永六〉～一八三五〈天保六〉）。もと豊後岡藩に仕え、藩黌由学館頭取。のち致仕して書画詩文に専心。『屠赤瑣瑣録』、『竹田荘師友画録』、『山中人饒舌』など。

＊まだ消えぬ露の命のおき所花のみよし野月のさらしな

随筆集『屠赤瑣瑣録』（一八三〇）所収。『翁草』の著者神澤杜口のことが書かれているのである。私は五十数年まえ初めて掲出文を読んだとき、「塵泥」という語に注目した。「塵泥」は普通名詞として「つまらぬもの」を意味するが、また当時の私にとって森鷗外小説集（『舞姫』その他）の書名を意味した。その鷗外小説集書名は、この杜口随筆集書名に由来するのではあるまいか、と私は考え、それゆえ掲出文をいまに銘記する。それは、まったくの私事である。しかし今日それらを書き留めておくのは、なかなかに無意味ならざる普遍事であり得よう。

時は暮れ行く春よりぞ
また短きはなかるらん
恨(うらみ)は友の別れより
さらに長きはなかるらん

島崎藤村(しまざきとうそん)

詩人・小説家。本名は春樹(はるき)。長野県生(一八七二〔明治五〕〜一九四三〔昭和一八〕)。明治学院卒。『若菜集』、『破戒』、『家』、『新生』、『夜明け前』など。

＊わが手に植ゑし白菊の／おのづからなる時くれば／一もと花の暮陰(ゆふぐれ)に／秋に隠れて窓にさくなり〔詩『えにし』〕

詩集『夏草』〔一八九八〕所収。長詩『晩春の別離』の第一節。十五年戦争中の一九三九年公開、村山知義演出映画『初恋』（ユージン・オニール作戯曲『あぁ、荒野！』の飜案）の主人公旧制高校生・文学青年〔野々村潔演〕が『晩春の別離』の数節を朗誦する場面は、印象的であった。「あぁいつかまた相逢ふて／もとの契りをあたためむ／梅も桜も散りはてて／すでに柳は深みどり／人はあかねど行く春を／いつまでここにとどむべき／われに惜むな家づとの／一枝の筆の花の色香を」は、その最終節。ちなみに、映画俳優岩下志麻は、野々村潔の息女。

新芽(にひめ)立つ谷間(たにま)あさけれ大佛(だいぶつ)にゆふさりきたる眉間(みけん)のひかり

中村憲吉(なかむらけんきち)

歌人。広島県生（一八八九〔明治二二〕〜一九三四〔昭和九〕）。東大経済学部卒。『林泉集』、『しがらみ』、『軽雷集』など。

＊朝ゆふの息こそ見ゆれもの言ひて人にしたしき冬ちかづくも

歌集『林泉集』〔一九一六〕所収。鎌倉の大仏を詠じた作としては、たとえば伊藤左千夫の「かまくらの大きほとけは青空をみ笠と著つつよろづ代までに」〔『左千夫歌集』、一九二〇〕、与謝野晶子の「鎌倉や御佛なれど釈迦牟尼は美男におはす夏木立かな」〔『恋心』、一九〇五〕があり、両者は、両作者の特色をそれぞれ存分に表わしている。しかし私は、「眉間の光」連作――掲出歌や「夕まぐれ我れにうな伏す大佛は息におもたし眉間の光」やを含む、――を最も積極的に評価する。

〔蛇足的な註／鎌倉の大仏は、のちに晶子自身も気づいたごとく、阿弥陀仏である。〕

夏の部

万緑(ばんりょく)やわが額(ぬか)にある鉄格子(てつがうし)

橋本多佳子(はしもとたかこ)

俳人。本名は多満(たま)。東京生（一八九九〈明治三二〉～一九六三〈昭和三八〉）。菊坂(きくざか)女子美校中退。『紅絲』、『海彦』、『命終』など。

＊一(ひと)ところくらきをくぐる踊(をどり)の輪(わ)

句集『海彦』（一九五七）所収。「足袋つぐやノラともならず教師妻」、「谺して山時鳥ほしいまま」など数数の秀逸を残した杉田久女は、多佳子の親しい先達であった。一九五四年五月、多佳子は、久女終焉の地（九州太宰府の九大分院）を何度目かに訪うた。そのおりの作の一つが、掲出句である。「わが額」は、多佳子自身の額か、それとも久女の額か。いずれにせよ、私は、「わが額にある鉄格子」から「いばらの冠」または「芸術家の悲惨および栄光」に思い至らざるを得ない。句集『信濃』（一九四七）所収「春潮に指をぬらして人弔ふ」（一九四六）は、多佳子の久女哀悼作。

美女は概ね下等であり、閨房に於ても取柄は尠い。

斎藤茂吉

歌人・批評家。山形県生（一八八二〔明治一五〕～一九五三〔昭和二八〕）。東大医科大学卒。『赤光』、『あらたま』、『童馬漫語』、『念珠集』、『寒雲』、『白き山』など。

＊暁のさ霧にぬるるさだめにていまこそにほへあめの花原

エッセイ『森鷗外先生』（一九二五）の断章。『大東閨語』に、「西宮左相（源高明）、紫式部ヲ愛ス。嘗テ曰ク、婦慧ケレバ則チ屄（女陰）モ自ラ癡ナラズ。此ノ児、ヒトタビ臀ヲ揚グレバ、百ノ滋味ヲ成ス。前ヨリスルモ後ヨリスルモ、施ヒテ可ナラザル無シト。」という記述がある。それならば、紫式部の容色は、十人なみかそれ以下かであったろうか。しかし、茂吉は、「概ね」と言ったのであり、少数例外の存在を認めなかったのではない。紫式部を（また一般に「床上手」の婦人を）ただちに不美女とすることは、早計である。

連霖ニ熟麦残リ
激水ニ新秧漂フ
農事方ニ此クノ如シ
吾ガ行、何ゾ傷ムニ足ランヤ

吉田松陰

漢学者・詩人。字は義卿。通称は寅次郎（矩方）。山口県（長州萩）生（一八三〇（天保一）〜一八五九（安政六））。松下村塾の長。『幽囚録』、『西遊日記』、『留魂録』など。

＊我れひとり醒めたる人の心しは昔も今も床しかりける

詩集『縛吾集(ばくごしゅう)』〔一八六五〕所収〔原漢文〕。「霖」は、〝ながあめ〟。「秧」は、〝稲のなえ〟。「吾ガ行」は、「安政の大獄」間、松陰が、長州萩(ちょうしゅうはぎ)から江戸へ護送せられたこと。松陰は、その五カ月後に刑死したのであるが、掲出五言絶句の転結と絶筆『留魂録(りゅうこんろく)』の「今日死を決するの安心は四時の順環に於(おい)て得る所あり。」云云(うんぬん)とは、いかにも照応する。有名な「身はたとひ武蔵(むさし)の野辺(のべ)に朽ちぬとも留(とど)め置かまし大和魂」は、『留魂録』の冒頭に置かれた一首である。

ほととぎす鳴くや五月(さつき)のあやめ草(ぐさ)あやめもしらぬ恋(こひ)もするかな

よみ人(びと)しらず

『万葉集』や二十一代集やには、「よみ人しらず」として収録せられた（主として作者不明の）作品が少なくない。『古今集』にも、約四百首の「よみ人しらず」の和歌が、収められている。

＊きみやこし我や行きけむおもほえず夢かうつつか寝てかさめてか

＊春されば野べにまづ咲く見れどあかぬ花　幣(まひ)なしにただ名告(なの)るべき花の名なれや

『古今和歌集』所収。むろん上の句は、「文目（もしらぬ）」の序詞であり、一首の調べは、極めて流麗である。『古今集』といえば、たちまちまず掲出歌が私に思い浮かべられるが、内容は、下世話の「恋は闇。」とか「恋は盲目。」とかいうことにほかなるまい。「あやめ草」から、私は、むかし亡母が端午の節供によく立てた「しょうぶ風呂」をいつも思い出し、またそこから「六日のあやめ、十日の菊。」という諺に必ず思い及んで、その諺が私のする事なす事にさながら当てはまるのを今更らしく省み知って憮然とするのである。

扁舟を湖心に泛べ
手　艪を放ち
箕坐して　しばしもの思ふ――
願くは　かくてあれかし　わが詩の境

三好達治

詩人。大阪府生（一九〇〇〈明治三三〉～一九六四〈昭和三九〉）。『測量船』、『南窗集』、『朝菜集』、『駱駝の瘤にまたがって』など。

＊わがわざは成りがたくして／こころざしほろびゆく日を／近江路に菜の花さいて／かいつぶり浮き沈むかな〈詩『わがわざは』〉

四行詩『扁舟』〔一九三六〕。高等学校生私は、雑誌『改造』一九三六年一月号誌上で掲出詩を読み、銘記した。爾来、それを活字面で見たことも耳で聞いたことも私になかった。このたび念のため私は、埼玉県立図書館で『定本三好達治全詩集』〔筑摩書房一九六二年刊〕を借覧し、五十数年ぶりに詩句をたしかめた。当時すでに私は、〝足を投げ出してすわる〟という意味の熟語「箕坐」を王維の詩などによって知ってはいたものの、その語が私の心に入ったのは、掲出詩によってであった。それから二十余年後、ようやく私は、『神聖喜劇』第一部において、その語を用い得た。

きみしばしうつろのまみを凝（こ）らしたまへ我（わ）が立ちつくす花（はな）樗（あふち）かな

室生犀星（むろふさいせい）

詩人・小説家。本名は照道（てるみち）。石川県生（一八八九〈明治二二〉〜一九六二〈昭和三七〉）。『愛の詩集』、『抒情小曲集』、『性に眼覚める頃』、『あにいもうと』、『つくしこひしの歌』、『杏（あんず）っ子（こ）』、『蜜のあはれ』など。

＊夏の日の匹婦の腹にうまれけり

短篇『つくしこひしの歌』（一九三九）所収。やはり同短篇中の「よきひとのころもかもにるしろたへの鉄扇花こそおくりまつらむ」も、私の愛誦歌である。しかし、それらを犀星作とすることは、正確でないかもしれない。そのことは、――犀星初期短篇『性に眼覚める頃』中の「日は紅しひとにはひとの悲しみの厳そかなるに泪は落つれ」を私は愛誦してきたが、――その短歌を犀星作とすることが不正確であるのと同様であろう。それにしても、私は、梅檀や鉄線やの花花が咲く初夏が来ると、必ずのように掲出歌および「よきひとの」一首を思い浮かべ、ひいて犀星の文業詞業一般を事新しくなつかしぶのである。

惣じて用事の外は、呼ばれぬ所へ行かぬがよし。

山本常朝

初め武士、のち出家剃髪。佐賀県（肥前佐賀）生（一六五九〔万治二〕〜一七一九〔享保四〕）。田代陣基（一六七八〜一七四八）筆録・編『葉隠』の話し手。

＊何事もならぬといふ事なし。一念発ると天地をもおもひほがすもの也。

『葉隠』〔一七一六?〕所収。私は、一九七〇年代に一度、一九八〇年代に一度、つまり二十年間に二度だけ他家訪問を行なった。長篇『迷宮』〔光文社刊〕完結出版の打ち上げということで今年〔一九九五年〕五月末日、私は濱井編集長、大久保編集部員とともに旧軽井沢の光文荘（光文社所有の山荘）へ行き一泊した。かねてより濱井編集長は立科町芦田〔長野県北佐久郡〕居住の土屋隆夫氏と親交があり、私は（お会いしたことはなかったが）土屋氏を力量のある手堅い作家と考えてきた。濱井編集長「に引かれて善光寺参り」のような次第で私は帰途、一時間ばかりお邪魔した。思えばそれは、私として十五年ぶりの――しかも「用事」もなく「呼ばれ」もせぬのに行って土屋御夫妻のおもてなしを受けた――実にめずらしい他家訪問であった。

梅雨雲にかすかなる明りたもちたり雷ひくなりて夏に近づく

中村憲吉

作者略歴前出〔六六ページ〕

＊天地の冬さびしつつ会ひよるや沈黙のくもりを雪の散り来も

歌集『しがらみ』〔一九二四〕所収。連作「梅雨あけ」八首〔一九二一〕中の一首。前年一九二〇年の連作「梅雨ぐもり」五首中には「梅雨ぐもりふかく続けり山かひに昨日も今日もひとつ河音」がある。毎年、必ずのように、私は、梅雨の最中には後者を思い出し、梅雨あけのころには掲出歌を思い浮かべる。そのあとすぐに明石海人作「ひとしきりもりあがりくる雷雲のこのしづけさを肯はむとす」〔『白描』、一九三九〕ないし佐佐木幸綱作「遠雷は底ごもりつつ　若者の耳吹きすぎて城を打つ風」〔『群黎』、一九七〇〕のごとき積雲・積乱雲の季節がやって来る。

あぢさゐや身(み)を持(も)ちくづす庵(いほり)の主(ぬし)

失名氏(しつめいし)

右の「失名氏」は、いわゆる「よみ人しらず」の意ではなく、筆者〔大西〕が作者名を失念していることの意である。ふつつかながら、この種の「失名氏」作が私の脳裡(のうり)にいろいろ存在する。

＊こごえ来(こ)し手足(てあし)うれしく逢(あ)ふ夜(よ)かな
＊もどされし門(かど)を夜(よる)みる幟(のぼり)かな

「失名氏」とは私が作者（専門文学者）名を忘れ、いまのところ調べがついていないという意味。佐藤春夫の随筆『白き花』に「さて何人の句なりしや今さだかには覚えぬを憾みとす。」と書かれているのと同様の事情。二十一、二歳の私は、ある二十八、九歳の夫人に深い親愛をもって毎日のように逢っていた。夫人の家の庭隅に美事な一本の紫陽花があって、その花花の爛熟のころ、私は、ふと掲出句をくちずさんだ。「私も『身を持ちくづ』しましょうかねぇ。」とその必ず「身を持ちくづす」ことのないであろう綺麗な夫人が、ほほえんで静かに言った。言うまでもなく、私は、そのひとの手指を握ったことさえも、ついになかった。

幾世(いくよ)の後(のち)歴史の墓をあばくものありやあらずやただにねむりぬ

斎藤史(さいとうふみ)

歌人。東京生（一九〇九（明治四二）～二〇〇二（平成一四））。福岡県立小倉(こくら)高女卒。『魚歌』、『歴年』、『うたのゆくへ』、『密閉部落』、『ひたくれなゐ』、『秋天瑠璃』など。

＊曼珠沙華葉を纏ふなく朽ちはてぬ　咲くとはいのち曝しきること

歌集『魚歌』〔一九四〇〕所収。『オウム大論争』〔鹿砦社一九九五年六月下旬発売〕の中で宅八郎が「ボクは、いまの段階では、判断保留が一番正しいと思いますが、」といみじくも言い、次いで「それでいいと言っているわけではなくて、保留せざるをえないような状況がそもそも問題なのだと言っているんです。」と適切に結んでいる。普通ならばたいてい「判断保留」は日和見主義であろうが、その場合は、「判断保留」こそが言論・表現の公表において小さからぬ勇気ならびに責任の必要な行き方である、と私は考える。掲出歌は、ある何事かにたいする「判断保留」の卓抜な表出であろう。

長右衛門となりの箱を石で割り

『柳の葉末』

狂句集。四代目川柳序。一八二〇年代〔文政年間〕～一八三〇年代半ば〔天保年間半ば〕ごろ成立。

＊ぬっと入れる所が天の美禄なり

＊腹に波打つと抜手で紙を取り

川柳集『柳の葉末』（一八三五）所収。この書物を「狂句集」ないし「破礼句集」と呼ぶことのほうが、いっそう適切であろう。むろん掲出句は、浄瑠璃『桂川連理柵』（『お半長右衛門』）すなわち三十八歳の中年男帯屋長右衛門と十四歳の少女信濃屋お半との心中物を踏まえている。「となりの箱」は〝隣家信濃屋の箱入り娘お半（の女陰）〟を意味し、「石で割り」は〝伊勢参りの下向道、石部の宿屋で泊り合せ」破瓜のことに及んだ〟を意味する。ずっと年長の長右衛門は、ずいぶん年少のお半を背負って桂川へ入水したとせられる。「長右衛門また負ぶってねと三途川」も、なかなか穿った作である（出典をも作者をも、私は、ふつつかながら覚えていない）。

むかし思ふ草の庵のよるの雨に涙な添へそ山ほととぎす

藤原俊成

歌人。京都生（一一一四〈永久二〉～一二〇四〈元久一〉）。『長秋詠藻』、『古来風体抄』など。

＊おきあかす秋のわかれの袖の露霜こそ結べ冬や来ぬらん

『新古今集』巻三所収。これが「題詠」であり『白氏文集』中の詩句「廬山ノ夜雨、草菴ノ中」に基づく、ということは、よく知られてきた。私は、「字余り」の効果——成功的に用いられた場合、それの詩歌にもたらす堂堂たる調べ・沈着な風格——を考えるとき、必ずのように掲出歌を心に浮かべ、またたとえば、島木赤彦の「人に告ぐる悲しみならず秋草に息を白じろと吐きにけるかも」〔『切火』〕なり与謝蕪村の「霜百里舟中に我月を領す」〔『蕪村句集』〕なりを心に浮かべる。柿本人麻呂の「秋山に落つる黄葉しましくはな散り乱ひそ妹があたり見む」〔『万葉集』巻二〕において、「字余り」の効果は、掲出歌とともに、まさに圧倒的である。

泣けといはれて山郭公、闇にうっかりなかれもせぬが、泣くなと言はれりゃ猶せきあげて、なかずにゃ居られぬ川千鳥、涙ひとつがままならぬ。

斎藤緑雨

批評家・小説家。本名は賢。号は別に正直正太夫、登仙坊など。三重県(伊勢神戸)生(一八六七〈慶応三〉~一九〇四〈明治三七〉)。明治法律学校中退。『油地獄』、『かくれんぼ』、『あられ酒』、『わすれ貝』、『みだれ箱』など。

*松は男の立姿、意地にゃ負けまい吹け吹け嵐、枝は折れよと根は折れぬ。〔小唄『まつの木』〕

短篇・随筆集『みだれ箱』〔一九〇三〕所収小唄『くぜつ』。一九三五年前後の数年間、浪曲師の広沢虎造が、その分野で一世を風靡した。映画『エノケンの森の石松』〔一九三九〕にも、虎造の浪花節が入った。讃岐の金毘羅へ清水の次郎長代参の途次、石松は非業の最期を遂げる。その死地へ石松が向かう場面での虎造の口演「……さすが気丈の石松も、熱い涙がほろりと出る、泣かんとしたが世の中で」という文句のあとに、掲出小唄が、そっくりそのまま語られ、私はおどろいた。緑雨の作物も、意外な所で活躍したものである。私の知る限り、当時から今日まで誰一人そのことについて何も言わなかったが。

跳ねてゐる魚は、何か烈しい歓喜に酔ひしれてゐるやうに思はれる。朝子は自分の不幸が不当な気がした。

三島由紀夫

小説家・劇作家。本名は平岡公威。東京生（一九二五〔大正一四〕～一九七〇〔昭和四五〕）。『花ざかりの森』、『仮面の告白』、『禁色』、『金閣寺』、『文化防衛論』、『豊饒の海』など。

＊私にとっては作家の真の誠実とは、おのれの制作の幸福感に対する、あらはな、恥知らずの誠実に尽きると思はれる。〔『日記』より〕

短篇『真夏の死』〔一九五二〕の女主人公生田朝子にかかわる描写の一つ。三島の小説文章は、往往にして非真実であり品低いが、また三島は、時として凡百の作者が着目しない（着目し得ない）人世の瞬間的実相に着目して凡百の作者が書かない（書き得ない）品高い何行かを書いた。三島の作は、もっぱらそこに存在理由を持つ。行方不明のわが子二人を案じて避暑地の海辺に夜を徹した朝子は、明け方に周囲の人人から勧められ、一休みをするべく宿へもどろうとする。掲出文は「行きかけて朝子は振向いた。海は静かである。かなり陸に近い海面に、銀白色に跳躍する光がある。魚が跳ねてゐるのである。」に、その一節の結びとして続く。

朝あけて船より鳴れる太笛のこだまはながし並みよろふ山

斎藤茂吉

作者略歴前出〔七二ページ〕

＊ニイッチェはRauschといった。予は交合歓喜という。ここに受胎がはじまる。それより初生に至るまで一定の発育が要る。短歌を生む場合に於ても如是である。
〔エッセイ集『童馬漫語』より〕

歌集『あらたま』（一九二一）所収。久方ぶりに私は『あらたま』を読み返し、巻末の掲出歌や「あはれあはれここは肥前の長崎か唐寺の甍にふる寒き雨」などに至って、ゆくりなくも与謝野晶子の「劫初よりつくりいとなむ殿堂にわれも黄金の釘一つ打つ」（『草の夢』）に思い及び、また『罪と罰』に関するレオニード・グロスマンの「芸術家の辿った傑作への道は遠かった。」（『ドストエフスキイ』）に思い及んだ。しかし茂吉の「一本の道」は、このあとさらに遠かった。茂吉の僚友であった島木赤彦に「この道や遠く寂しく照れれどもい行き至れる人かつてなし」（『太虚集』）という詠がある。総じてかくのごときが、文芸家の覚悟であり、文芸の道である。

手にとれば月の雫（しづく）や夏帽子（なつぼうし）

泉鏡花（いづみきやうくわ）

小説家。本名は鏡太郎（きょうたろう）。石川県生（一八七三〈明治六〉～一九三九〈昭和一四〉）。『高野聖』、『婦系図』、『歌行燈』、『薄紅梅』、『縷紅新草』など。

*むらもみぢ灯（ともし）して行（ゆ）く貉（むじな）の湯（ゆ）

春陽堂版『鏡花全集』15〔一九二七〕所収。「月の雫」という成語は、一般に「露」の異称であるが、むろんここでは、それは、月光がパナマか麦藁かの上を流れ走る情景の描写である。静的ではなく動的な対象表現が、実に見事に生き生きとしている。この句を思い浮かべると、必ずのように私は、芥川龍之介の「痨咳の頬美しや冬帽子」という対照的な句を連想する。芥川のそれが飯田蛇笏の「死病得て爪美しき火桶かな」という秀逸の影響下に作られたことは、広く知られてきた。

これのみやけふはありつることならむ松のみ一(ひとつ)おちし夕ぐれ

大隈言道(おほくまことみち)

歌人。号は萍堂(へいどう)。福岡県(筑前(ちくぜん)福岡)生(一七九八〔寛政(かんせい)一〇〕〜一八六八〔明治一〕)。『ささのや集』、『ひとりごち』、『このちり』、『草径集』など。

*黄昏(たそがれ)の軒のつまゆくかたつぶり日くれ道のみ遠げなるかな

歌集『草径集』（一八六三）所収。掲出歌においては植物の「実」の落下が物静かに詠ぜられた。若き日の若山牧水は「落ちし葉のひと葉のつぎにまた落ちむ黄なる一葉の待たるるゆふべ」（『別離』）において植物の「葉」の落下を物さびしく詠じ、「皐月ゆふべ梢はなれし木の花の地に落つる間のあまきかなしみ」（同上）において植物の「花」の落下を物がなしく詠じた。そして「花」の盛衰が、木下利玄の「牡丹花は咲き定まりて静かなり花の占めたる位置のたしかさ」（『一路』）、「花びらをひろげ疲れしおとろへに牡丹重たく萼をはなるる」（『銀』）において鮮やかに詠ぜられた。

蟻台上に餓ゑて月高し

横光利一

小説家。福島県生(一八九八〔明治三一〕~一九四七〔昭和二二〕)。『春は馬車に乗って』、『花園の思想』、『上海』、『機械』、『寝園』、『紋章』、『時計』、『旅愁』など。

*兵士なほ帰り来らず菊となる

『書方草子』〔一九三一〕所収「詩十篇」の一つ。この作を俳句とする見方も、存在する由。それならば、「蟻」は「夏」の季語であるから、なおさら、これは、夏の情景ということになろう。しかし私は、なぜか一篇の中の「月」を「寒月」ないし「冬の月」と（たぶん非論理的に）感得する。横光の没後いよいよ、私は、掲出詩を想起するたびに、それが横光の文学的生涯を象徴するように思われて、ある同情的・哀傷的な感慨に捕らえられる。坪野哲久歌集『桜』〔一九四〇〕所収「ひまらや杉萎えゆらぎつつしんと暑し鏡面をのぼる黒き蟻一つ」も、私の好きな歌であるが、こちらは、紛いもなく真夏の情景を表現している。

夕顔(ゆふがほ)の棚(たな)つくらんと思(おも)へども秋待(あきま)ちがてぬ我(わが)いのちかも

正岡子規(まさをかしき)

俳人・歌人・批評家。本名は常規(つねのり)。別号は竹の里人、獺祭書屋(だっさいしょおく)主人など。愛媛県(伊予松山(いよまつやま))生(一八六七(慶応(けいおう)三)～一九〇二(明治三五))。東大国文科中退。『俳諧大要』、『歌よみに与ふる書』、『水滸伝と八犬伝』、『墨汁一滴』、『仰臥漫録』など。

*昼顔(ひるがほ)の花(はな)に乾(かわ)くや通(とほ)り雨(あめ)

随筆集『墨汁一滴』（一九〇一）所収。「しひて筆を執りて」連作十首中の一首。私の少・青年時代、私の母方の親戚などでは、住居の庭先に夕顔棚を作るのは、不吉とせられていた。それは、浄瑠璃『絵本太功記』「十日の段」の武智（明智）光秀が「夕顔棚の此方より」「顕れ出」て母親殺しの大罪を犯したという物語りに由来した迷信に過ぎなかった。しかし掲出歌は、「いちはつの花咲きいでて我目には今年ばかりの春ゆかんとす」ほか八首とともに、なんとも凄絶である。子規は、翌一九〇二年九月十九日に行年三十五歳で他界したのであるから、作歌当年の「秋」ないし作歌翌年の「春」には、とにもかくにも、もう一度逢ったのであるが。

つつましき人妻とふたりゐて
屋根ごしの花火を見る——
見出でしひまに消えゆきし
いともとほき花火を語る。

佐藤春夫

詩人・小説家。和歌山県生（一八九二〔明治二五〕～一九六四〔昭和三九〕）。慶応大予科文学部中退。『田園の憂鬱』、『殉情詩集』、『退屈読本』、『魔女』、『晶子曼陀羅』など。

＊淫蕩な女が／純潔な詩集を愛読した／純潔な詩集の著者が／淫蕩なその女を愛撫した〔詩『四行詩』〕

詩文集『我が一九二二年』〔一九二三〕所収『遠き花火』。この詩は、私の誕生とおおよそおなじころに制作せられたのであり、私のおおかた十代後半時代(ハイ・ティーン)に私が読んで感銘したのである。それから七十余年後ないし約六十年後の今日、依然として掲出詩が私に浅からぬ感動を与えるのは、詩が古びなかったゆえか私が精神的に生長しなかったゆえか。否、それは、詩の魂と私のそれとの双方が少しも老け込まなかったことをこそ物語るにちがいない。

生きの身のわが血は紅し田端の蚊

久米正雄

小説家・劇作家。俳号は三汀。長野県生(一八九一〈明治二四〉～一九五二〈昭和二七〉)。東大英文科卒。『地蔵教由来』、『学生時代』、『破船』など。

*霜焼もせず﨟たけしいつのまに

『文藝春秋』一九三〇年代後半某年九月号〔?〕所収。河童忌に集まった人人による句作中の一つとして、私は、銘記する。調べれば掲載誌号数が判明するはずであるが、遺憾ながらさしあたり私に時間がない。若くして世をみずから去った僚友芥川龍之介にたいする愛と憎しみとが、その程よい兼ね合いが、一句を貫流している。三島由紀夫が自決したとき、私は、「一般に人間の死は、——敵手の死といえども、——哀悼あるいは驚愕せられるに値しよう。だが、哀悼あるいは驚愕するのは生者であり、生者は、なお耐えて生きねばならない。」と書いた。掲出句の作者も、多かれ少なかれおなじような・似たような心持ちであったろうか。

雨すぎて蟬の声のみ打しめり客も主も声をひそめぬ

堀宗凡

茶人。本名は保夫。別称は花守。京都生（一九一四〈大正三〉～一九九七〈平成九〉）。もと長らく裏千家を修道し、二十余年前より独自の茶道に生きる。『茶花遊心』など。

＊大原女は買ふてたもとて京の町三巾にゆれて声うすれゆく

歌（および文および写真）集『茶花遊心』（一九八七）所収「しじま」。掲出歌と対の写真の置花の花は、羽衣草、とこなつ、金魚草の三種である。私が松尾芭蕉の「閑かさや岩にしみ入蟬の声」（『奥の細道』）を月なみながら連想するのは歌題「しじま」と語句「蟬の声」の共通とに由り、また私が会津八一の「ゆめどのはしづかなるかなものもひにこもりていまもましますがごと」（『鹿鳴集』）をおのずから思い合わせるのは、歌題「しじま」と歌のしらべの相似とに由る。なにしろ実にこれは、閑寂の相である。

てんと蟲一兵われの死なざりし

安住敦

俳人。東京生（一九〇七〈明治四〇〉～一九八八〈昭和六三〉）。立教中学卒・逓信官吏養成所修。『貧しき饗宴』、『古暦』、『市井暦日』、『午前午後』など。

＊しぐるるや駅に西口東口

句集『古暦』（一九五四）所収。「八月十五日終戦」という前書きが付けられている。それは、たとえば、中村草田男の「切株に踞し蘖に涙濺ぐ」（『来し方行方』、一九四七）、金子兜太の「スコールの雲かの星を隠せしまま」（『少年』、一九五五）が作られて、また腰折れながら私自身の「秋四年いくさに死なず還りきて再びはする生活の嘆きを」（『昭和萬葉集』巻七、一九七九）が作られたころである。そののち、たとえば、斎藤史の「夏の焦土の焼けてただれし臭さへ知りたる人も過ぎてゆきつつ」（『ひたくれなゐ』、一九七六）が作られて、いま敗戦五十年目の夏が来た。私は、万感胸に迫る。

一生忍びて思ひ死することこそ、恋の本意なれ。

山本常朝

作者略歴前出〔八二ページ〕

＊文庫より書物を出し給ふ。明候へば丁字の香いたし候也。

『葉隠』〔一七一六?〕所収。〃一生だまって告げずに思いつづけて死ぬことこそが、恋の本義である。〃というのが、ひととおりの現代語訳というところであろう。「恋」という語には、原義のそれのほか、いろいろの意義のそれら各個が、代置せられ得る。私は、『馬太伝』の「なんじ施しをするとき右の手の為すことを左の手に知らする勿れ。」という教えにひとしいものとして、掲出語を、原義のそれとしてとともに、尊重してきた。たとえば岡本かの子の短篇『金魚撩乱』〔一九三七〕は、かなり見事に原義のそれの場合における一つの特異な事例を描出している。

どれも口(くち)美し晩夏のジャズ一団

金子兜太(かねことうた)

作者略歴前出〔五四ページ〕

＊河に青葉が一つ落ちたよ春来たる

句集『蜿蜿』（一九六八）所収。晩夏が来ると、私は必ず斎藤茂吉の「ふるさとの蔵の白かべに鳴きそめし蟬も身に沁む晩夏のひかり」（『あらたま』、一九二一）や石田波郷の「ひととゐて落暉栄あり避暑期去る」（『鶴の眼』、一九三九）やをともに掲出句を思い浮かべる。金子は晩夏への愛着を力説し波郷作への愛好を強調した（『今日の俳句』、一九六五）が、ただし波郷作の持つ「引きこまれてゆくような衰弱感」にはいささか異を唱えた。いかにも、金子のたとえば「女子学生相寄り咆哮する晩夏」（『皆之』、一九八六）などにも「衰弱感」の類はない。それにしても私は西東三鬼の「沖へ歩け晩夏の浜の黒洋傘」（『変身』、一九六二）の「寂滅感」をも大いに愛重する。

秋の部

われはこの国の女を好まず
読みさしの舶来の本の
手ざはりあらき紙の上に
あやまちて零したる葡萄酒の
なかなかに浸みてゆかぬかなしみ
われはこの国の女を好まず

石川啄木

歌人・詩人。本名は一(はじめ)。岩手県生（一八八六〈明治一九〉～一九一二〈明治四五〉）。盛岡中学中退。『雲は天才である』、『一握の砂』、『悲しき玩具』、『呼子と口笛』、『時代閉塞の現状』など。

＊地図の上朝鮮国(てうせんこく)にくろぐろと墨(すみ)をぬりつつ秋の風を聴く

『啄木遺稿』（一九一三）所収詩集『呼子(よびこ)と口笛(くちぶえ)』中の一篇『書斎の午後』。歌集『一握の砂』（一九一〇）中には、「ふがひなき／わが日(ひ)の本(もと)の女(をんな)等を／秋雨(あきさめ)の夜(よ)にののしりしかな」という一首もある。「われはこの国の女を好まず」は、「われはこの国を好まず」であっても、よいのではないか。つまり、おそらく啄木は、「この国（の女）」を真に愛することにおいて決して人後に落ちなかったのであろう。

一(いっ)ぽんの蠟燭(らふそく)の灯(ひ)に顔よせて語るは寂(さび)し生(い)きのこりつる

島木赤彦(しまきあかひこ)

歌人。本名は久保田俊彦(くぼたとしひこ)。別称は柿の村人など。長野県生（一八七六〔明治九〕〜一九二六〔大正一五〕）。長野師範学校卒。『馬鈴薯の花』、『切火』、『太虚集』、『柿蔭集』など。

＊空澄みて寒き一(ひ)と日(ひ)やみづうみの氷の裂くる音ひびくなり

歌集『太虚集』〔一九二三〕所収。「関東震災」二十四首中の一首。兵庫県南部地震〔関西大震災〕の電波放送を視聴しながら、私は、掲出歌や与謝野晶子の「この夜半に生き残りたる数さぐる怪しき風の人間を吹く」〔『瑠璃光』、一九二四〕やを思い浮かべた。関東大震災の死者は、九万一千人と伝えられる。今日の新聞夕刊は、兵庫県南部地震の死者を「二百余人」と報じたが、今午夜の電波放送は、同地震の死者を「千六百余人」と報じた。判明死者数は、まだまだ増えるにちがいない。それにしても、両者は、共に「天災」に数えられる。広島に投下せられた核兵器は、「人災」であった。そしてそれは、二十四万七千の人命を束の間に奪い去ったのである。

〔一九九五年正月十七日深夜筆〕

二人の頭の上では二百十一日の阿蘇が轟々と百年の不平を限りなき碧空に吐き出して居る。

夏目漱石

小説家・批評家。東京（江戸）生（一八六七〔慶応三〕〜一九一六〔大正五〕）。東大英文科卒。『吾輩は猫である』、『文学論』、『それから』、『門』、『心』、『道草』、『明暗』など。

＊赤き烟黒き烟の二柱真直に立つ秋の大空（「阿蘇山二首」のうち）

短篇『二百十日』〔一九〇六〕の結尾。名詞「二百十日」を、たいていの辞書が「立春から数えて二百十日目。九月一日ごろ」と（正しく）説明する。今年〔一九九五年〕の「二百十日」は九月一日に当たり、また同日は（関東大）震災記念日である。「震災」をも従前たいていの辞書が「……特に関東大震災を指す」というように（正しく）説明した。明年かいつかから一月十七日が関西大震災記念日に公定せられるか否か、私は知らぬ。公定か否かはともあれ、当日は関西大震災記念日でなければならない。掲出作中の「圭さん」は阿蘇の噴煙を「文明の革命（無血の革命）」になぞらえ、その必要を（正しく）力説する。これまた今日ますます必要でなければならない。

酩酊（メイテイ）シテ佳節（カセツ）ニ酬（コタ）へ
醒（サ）メ来（キタ）レバ已（スデ）ニ曙光（ショクワウ）
挿頭（カザ）セシ前日（ゼンジツ）ノ菊（キク）
猶枕辺（ナホチンペン）ニ在（ア）リテ香（カンバ）シ

菅茶山（くわんちゃざん）

詩人・儒学者。本姓は菅波（すがなみ）。本名は晋帥（ときのり）。広島県（備後神辺（びんごかんなべ））生（一七四八（寛延（かんえん）一）～一八二七（文政（ぶんせい）一〇））。『筆のすさび』、『黄葉夕陽村舎詩』など。

＊海はすこし遠き方にも声はしてただここもとによする浦波

漢詩集『黄葉夕陽村舎詩』（一八二三）所収『十日ノ菊』（原漢文）。むろん「佳節」は「重陽」すなわち「菊の節句」の九月九日のことである。『和漢朗詠集』の「菊は重陽のために雨を冒して開く」（皇甫冉）や『古今集』の「秋の菊匂ふかぎりはかざしてむ花よりさきとしらぬわが身を」（紀貫之）やを私は思い合わせる。しかし元来「重陽」は陰暦九月九日であり、いまのカレンダーは陽暦九月九日を「重陽」とするゆえ、それは「菊の節句」にそぐわない。新暦「重陽」（の時期尚早）と譬喩「十日の菊」とは、いわば「反義語」である。ただし掲出詩の表題は譬喩「十日の菊」に別段かかわりがない。

秋山の樹の下隠り逝く水のわれこそ益さめ思ほさむよは

鏡王女

歌人(万葉初期)。滋賀県(近江鏡山)生(?)(生年未詳〜六八三(天武天皇一二))。額田王の姉か。初め天智天皇の愛人であって、のち藤原鎌足の妻になった。『万葉集』所収四首。

*神奈備の磐瀬の社の呼子鳥いたくな鳴きそ我が恋まさる

『万葉集』巻二所収。第五句「思ほさむよは」は他に「御思ひよりは」、「思ほすよりは」の訓があり、これら三訓が古来行なわれてきたが、私は「思ほさむよは」に愛着する。上の句は下の句の序詞であり、たとえば斎藤茂吉は「秋山の木の下を隠れて行く水のやうに、あらはにには見えませぬが、わたくしの君をお慕ひ申し上げるところのほうがもっと多い」云云と代表的に——すなわち事柄を作者鏡王女の「視覚」にもっぱら結びつけて——解釈する。しかるに私は、主として作者における「聴覚」の鋭敏・澄明を卓抜秀麗な掲出歌から強く感得する。そして私の見解こそが、茂吉の「やはり誤魔化さない写生がある。」という評言にも、最もよく適うはずである。

嘲風、佳耦をむかへて室に芬蘭のにほひあり。われ、残燈にむかひ、孤影蕭然として今も尚ほ「はいね」を読む。

高山樗牛

批評家。本名は林次郎。山形県生（一八七一〈明治四〉～一九〇二〈明治三五〉）。東大哲学科卒。『滝口入道』、『わがそでの記』、『美的生活を論ず』、『日蓮上人とは如何なる人ぞ』など。

＊世に天才を解し得ずして是れを批評するほど笑ふべきことは無い。今のニイチェの批難者の如きは大抵是の類だ。

美文『わがそでの記』〔一八九七〕の結末。「嘲風」は姉崎正治（あねざきまさはる）の雅号。「嘲風、佳耦をむかへて……」は、おなじ文中の「そのころのかれは、今のわれと同じく妻なかりし。」に照応し、親友姉崎の結婚にたいする祝辞でなければならない。芥川龍之介は、〝中学高学年のころ『わがそでの記』を読み、その「感傷過多」に辟易（へきえき）して樗牛嫌いになっていたが、大学卒業後に再読して、ずいぶん樗牛を見直した。〟〔『樗牛のこと』、一九一七〕と（適切に）書いた。高見順（たかみじゅん）の著名な長篇『如何（いか）なる星の下（もと）に』の標題は『わがそでの記』に由来した。とまれ、これは明治期の代表的な美文である。

愛養(アイヤウ)ス清貞(セイテイ)ノ質(シツ)
人無(ヒトナ)キモ亦(マタ)馥(カウバ)シ
知(シ)ラズ空谷(クウコク)ノ裏(ウチ)
我(ワ)ガ寒閨(カンケイ)ト孰(イヅ)レゾ

江馬細香(えまさいかう)

詩人・画家。本名は多保(たほ)。字(あざな)は緑玉(りょくぎょく)。岐阜県〔美濃大垣(みののおおがき)〕生〔一七八七〔天明(てんめい)七〕～一八六一〔文久(ぶんきゅう)一〕〕。『湘夢遺稿』など。

＊人ハ静カナル寒閨(カンケイ)、月ハ廊ヲ転(マハ)ル／書課(ショクワ)ヲ了(ヲハ)来レバ漏声(ロウセイ)長シ／炉(ロ)ヲ撥(アバ)キ喜(ヨロコ)ンデ見ル 紅(クレナキ) ナホ在ルヲ／又残燈(ザントウ)ヲ剔(カキタ)テテ読ムコト幾行(イクギヤウ)ゾ〔詩『冬夜』、原漢文〕

漢詩集『湘夢遺稿』〔一八七二〕所収五絶『養蘭』〔原漢文〕。『湘夢遺稿』巻末には後藤松陰撰の『細香女史墓誌名』が収録せられていて、その中には「女史、〔中略〕而シテ又、慨然トシテ憂国ノ気アリ、鬚眉ノ丈夫ヲシテ愧色有ラシム。」の文言が存する。掲出詩は、その客観的性格上、「一山二山三山越え／奥に咲いたる八重つばき／なんぼ色よく咲いたとて／様ちゃんが通わにゃ徒の花」〔『北九州炭坑節』〕的「俗情」にたいする真正フェミニストの毅然たる一撃ならんか。

秋のかぜ馬楽（ばらく）ふたたび狂（くる）へりと云ふ噂（うはさ）などつたへ来（く）るかな

吉井勇（よしゐいさむ）

歌人・劇作家。東京生（一八八六〈明治一九〉～一九六〇〈昭和三五〉）。早稲田大政経科中退。『酒ほがひ』、『祇園歌集』、『俳諧亭句楽』、『人間経』、『遠天』など。

＊夏ゆきぬ目にかなしくも残れるは君が締（し）めたる麻の葉の帯

歌集『昨日まで』（一九一三）所収。馬楽は落語家。吉井の短歌作品は、初期の『酒ほがひ』（一九一〇）、『祇園歌集』（一九一五）などに所収のものから晩期の『残夢』（一九四八）、『形影抄』（一九五六）などに所収のものまで、人口に膾炙した佳品が少なくない。しかし私は、吉井の短歌といえば、なぜかまず掲出歌を思い出す。そのころ吉井は『狂藝人』、『俳諧亭句楽の死』、『小しんと焉馬』など芸人世界の戯曲を溺れるように制作した。掲出歌や「秋の夜に紫朝を聞けばしみじみとよその恋にも泣かれぬるかな」やに私は格別の愛着を抱いている（紫朝は新内語り）。『東京紅燈集』（一九一六）にも「うつらうつらむかし馬楽の家ありしところまで来ぬ秋の夜半に」の一首がある。

竜田川、むりに渡れば、紅葉が散るし、渡らにゃ聞かれぬ、鹿のこゑ。

久坂玄瑞

長州藩士・勤皇の志士。本名は通武。号は江月斎。通称は義助。山口県（長州萩）生（一八四〇〔天保一一〕～一八六四〔元治一〕）。吉田松陰の妹婿。『廻瀾条議』、『江月斎遺稿』など。

＊人心未ダ磨滅セズ／真誠、惑ヒヲ辨ズルニ堪ヘタリ〔松陰東行送別詩の結二句、原漢文〕

掲出小うたの作者玄瑞久坂義助は、東行高杉晋作とともに、松下村塾の双璧・幕末長州藩の志士である。秩父事件にかかわる民謡「むかし思へばアメリカの／独立したのもむしろ旗／ここらで血の雨ふらせずば／自由の土台が固まらぬ」や啄木の短歌「やや遠きものに思ひし／テロリストの悲しき心も――近づく日のあり。」などが、私に思い合わせられる。支配権力側の理不尽が、しばしばそのような境地に、被支配者側の自覚的な単数ないし複数の精神を、追い詰めるのである。

別るるやいづこに住むも月の人

渡辺水巴（わたなべすいは）

俳人。本名は義（よし）。東京生（一八八二〈明治一五〉～一九四六〈昭和二一〉）。日本（にほん）中学中退。『路地の家』、『水巴句集』、『水巴句帖』、『白日』など。

*手を打たばくづれん花や夜の門

句集『続水巴句帖』（一九二九）所収。この作から私はただちに向井去来の「岩鼻やここにもひとり月の客」（『去来抄』）に思い及ぶ。掲出作と去来作との背後にある生の現象は必ずしも同一ではない。掲出作に付けられた「望みに任せて離別承諾の返書を妻の許へ送る」という前書きは、いよいよそれを強調するであろう。しかし、去来作の「月の客」を作者去来その人と解するか別の人と解するかにかかわらず、掲出作と去来作との背後にある生の本質は同一であり、ついに人は「月の客」ないし「月の人」である。たとえば阿部完市の「硝子破れ月明がこわれて見ゆる」（『無帽』、一九五八）、鷲谷七菜子の「草木寝て月と遊べる冷川」（『花寂び』、一九七七）なども、そのことを物語るにちがいない。

花草(はなぐさ)の満地(まんち)に白とむらさきの陣立てこし秋の風かな

与謝野晶子(よさのあきこ)

歌人・詩人。旧姓は鳳(ほう)。本名はしょう。大阪府生(一八七八(明治一一)〜一九四二(昭和一七))。堺(さかい)女学校補習科卒。『みだれ髪』、『君死にたまふこと勿れ』、『舞姫』、『舞ごろも』など。

*夜(よ)の二時を昼の心地(ここち)にゆききする家のうちかな子の病(やまひ)ゆゑ

歌集『舞姫』〔一九〇六〕所収。若山牧水の「吾木香すすきかるかや秋くさのさびしきはみ君におくらむ」〔『別離』〕にせよ中村憲吉の「道々の秋野に花はゆらぎたれど尚眼をとぢて見たきものあり」〔『松の芽』〕にせよ前田夕暮の「うつり行く女のこころしづやかにながめて秋をひとりあるかな」〔『収穫』〕にせよ古泉千樫の「秋さびしもののともしさひと本の野稗の垂穂瓶にさしたり」〔『青牛集』〕にせよ、概して秋の秀歌は、生命の物悲しい寂寥感を帯びる。しかるに掲出歌や「水引の赤三尺の花ひきてやらじと云ひし朝露の道」〔『舞姫』〕やのごときは、精力の潑溂たる充実感に輝く。そこに晶子作品の主な特色の一つがある。

一番繁華な表通りに、いつも耿々と月が冴え亘り、天水桶の影が濃く地に滲んで、犬の遠吠え、按摩の笛、――そんな情景のなかにばかり、あの、しみじみと悲しい気持が思ひ出された。

里見弴

小説家。本名は山内英夫。神奈川県生（一八八八〈明治二一〉～一九八三〈昭和五八〉）。東大英文科中退。有島武郎・有島生馬は長兄・次兄。『善心悪心』、『多情仏心』、『大道無門』、『安城家の兄弟』、『かね』など。

＊大正三年〔一九一四年〕／夏、一時帰京しゐたる時、武者小路実篤を通じて、夏目漱石の依頼をうけ、『東京朝日新聞』に『母と子』を連載し、肇て原稿料を得。〔『自筆年譜』より〕

短篇『かね』〔一九三七〕の一節。一八八〇年代〔明治中葉〕の典型的な地方小都会情景。道具立てが揃い過ぎていて、いささか月なみな感がなくもあるまいが、あえてそう言えば、若山牧水の優作「ひんがしの白みそむれば物かげに照りてわびしきみじか夜の月」〔『さびしき樹木』、一九一八〕とか失名氏の秀逸「月照るや朝霧消ゆる身のまはり」〔一九四〇?〕とかも、陳腐ということになろうか。『かね』を、私は、里見作中の白眉と信じ、また近・現代日本文学短篇中屈指のものと考え、――紙面の制約上その理由説明が遺憾ながら私にできない、――未読の人々に一読を強くすすめる。

剃毛(ていもう)の音も命もかそけし秋

西東三鬼(さいとうさんき)

俳人。本名は斎藤敬直。岡山県生(一九〇〇〈明治三三〉〜一九六二〈昭和三七〉)。日本歯科医専(にほんしか)卒。『旗』、『夜の桃』、『今日』、『変身』など。

＊白馬を少女瀆(けが)れて下りにけむ

「角川文庫」版『西東三鬼句集』（一九六五）の『「変身」以後』所収。「剃毛」は、〝開腹手術前に患者の陰毛を剃る〟という意味の病院用語であり、私も私の長篇『神聖喜劇』および短篇『胃がん』において、この語を用いたが、私の所有する十種十八冊の国語辞典、四種十七冊の漢和辞典のどれにも載っていない。掲出句には「手術前夜」の前書きがある。「年譜」の一九六一年「十月九日、胃切除手術を受く。」に照応（私も十三年前・一九八二年の仲秋に胃がん治療のため胃四分三切除手術を受けた）。三鬼「年譜」の翌一九六二年二月は、「中旬、ガン転移急速のため余命一カ月と家人に医師が告げる」。同年四月一日逝去。行年六十二。「春を病み松の根っ子も見あきたり」は絶筆。

聞きわびぬはつきなかつき長き夜の月のよさむにころもうつこゑ

後醍醐天皇

歌人。第九十六代天皇。名は尊治。京都生(一二八八〔正応一〕~一三三九〔延元四〕)。建武中興の中心人物。『新葉和歌集』所収歌のほかに『建武年中行事』、『建武日中行事』など。

＊事問はん人さへ稀になりにけり我世の末の程ぞ知らるる

『新葉和歌集』（一三八一）所収。撰者の「元弘三年（一三三三年）九月十三夜三首の歌講ぜられしとき月前擣衣といふことを」という前書きは、掲出歌が一種の「題詠」ないし「絵解き歌」（?・）であることを物語って、その体が端麗ながらも何か型どおり気味である所以を私に合点せしめる。しかし作者が激動期の中心人物として積極的に生きただけに、その悲劇的な心状が籠っていて、一首の調べを丈高いものにしている。欧陽修が梅尭臣の詩を称揚して「梅ノ詩、物ヲ詠ジテ情ヲ隠サズ」と歌ったような特色が、この一首にもある。毎年「はつきながつき」すなわち旧暦八月九月の候、私は、きっと掲出歌を想起する。これも、また、小学校低学年時代以来のわが愛誦歌である。

深い山林に退いて
多くの旧(ふる)い秋らに交ってゐる
今年の秋を
見分けるのに骨が折れる

伊東静雄(いとうしづを)

詩人。長崎県生〔一九〇六(明治三九)〜一九五三(昭和二八)〕。京大国文科卒。『わがひとに与ふる哀歌』、『夏花』、『春のいそぎ』、『反響』など。

*みそらに銀河懸くるごとく／春つぐるたのしき泉のこゑのごと／うつくしきうた　残しつつ／南をさしてゆきにけるかな〔詩『送別(田中克己の南征)』〕

第一詩集『わがひとに与ふる哀歌』〔一九三五〕所収。第三詩集『春のいそぎ』〔一九四三〕の一篇『秋の海』には、「昨日妻を葬りしひと／朝の秋の海眺めたり∥われがために は　心たけき／道のまなびの友なりしが／家にして　長病みのその愛妻に／年頃のみとりやさしき君なりしとふ」という二節がある。かつて萩原朔太郎は、ほとんど無名のころの伊東を「日本に尚一人の詩人があることを知り、胸の躍るやうな強い悦びと希望をおぼえた。」と手紙で称讃・激励した。その伊東の、自然と人間とにたいするたおやかな精神が、山と海との「秋」のこの二篇に収斂せられているようである。

月待つや次々ともるたつきの灯

河野白村

俳人。本名は益武。東京生(一九一五(大正四)〜)。九大法文卒。一九七三年夏、北九州市病院局長を定年退職、爾来、句作に専念。『晩春』、合同句集『枇杷の花』、同上『鮟鱇鍋』など。

＊句に生きてひそと暮らすや枇杷の花

句集『晩春』〔一九七四〕所収。句集名は、この俳人初期の「父置いて嫁ぐ気になり雛飾る」という（たぶん未婚時代の白村夫人を対象とした）佳什にたいする高浜虚子の（小津安二郎演出映画『晩春』を引いた）評言に由来する。別の佳句「長崎のあの日も落葉汝と踏みし」の「汝」も、おなじくそのころの白村夫人であろうか。「長崎のあの日」を私は「原爆の投下せられた日」と考えるものの、その「あの日」は夏であり「落葉」は「冬」の季語であるから、私の考えは見当ちがいかもしれない。この俳人は酒好きであり、「遮莫湯豆腐に酌むとせん」、「熱燗や斗酒尚辞さぬ定年期」など、その方面の句作も少なくないが、掲出句や「時雨の夜脈絡もなく死を思ふ」やは、粛然として読者の襟を正さしめる。

星月夜の光に映る物凄い影から判断すると古松らしい其木と、突然一方に聞こえ出した奔湍の音とが、久しく都会の中を出なかった津田の心に不時の一転化を与へた。彼は忘れた記憶を思ひ出した時のやうな気分になった。

夏目漱石

作者略歴前出〔一二六ページ〕

＊凩や海に夕日を吹き落す

　長篇『明暗』〔一九一七〕の末尾（作者の死による中断部）近くにおける断章。たまたま思いが『明暗』に及ぶと、たちまち掲出文が私の頭に出て来る。自然描写は、おおむね主として視覚にかかわる。ここでは視覚（星月夜、樹木）と聴覚（水流音）とに半半にかかわる描写が行なわれ、それが東京から湯治場への途上の主人公（津田由雄）に関する情景相伴った卓抜な表現になっている。かくのごときが、小説における、あるべき自然描写の一実例でなければならぬ。

宮城野や乳房にひびく威銃

岩永佐保

俳人。福岡県生（一九四一〈昭和一六〉～）。門司高女卒。藤田湘子門下。『海響』など。

＊海鞘ふふむ人妻の枷そこはかと

句集『海響』（一九九二）所収。「威銃」は〝農作物荒らしの鳥獣をおどして追っ払うために撃つ空砲〟のことであり、「秋」の季語である。掲出句を私は主として「乳房にひびく」という中七・その清麗なエロティシズム表現のゆえに記憶する。橋本多佳子の「産みし乳産まざる乳海女かげろふ」（『海彦』、一九五七）、原阿佐緒の「黒髪もこの両乳もうつし身の人にはもはや触れざるならむ」（『白木槿』、一九一六）、上の一首とは対極的な中城ふみ子の「失ひしわれの乳房に似し丘あり冬は枯れたる花が飾らむ」（『乳房喪失』、一九五四）などの、いずれも清麗なエロティシズム表現が私に思いまわせられ、さらに私の思いが柳田國男の「妹の力」ないしゲーテの「永遠に女性的なるもの」にまでさまよって行く。

二十を過ぎた彼は、誰にも始終寂しい後姿を見せてゐるかのやうな印象を与へた。冷たい秋の稲妻のやうな美しさの思ひ出を残した。呼び止めたくて呼び止められないものであった。

川端康成（かはばたやすなり）

小説家。大阪府生（一八九九〈明治三二〉～一九七二〈昭和四七〉）。東大国文科卒。『伊豆の踊子』、『雪国』、『山の音』、『みづうみ』、『眠れる美女』など。

＊みどりすべてみどりのままに去年今年（こぞことし）

短篇『落葉（おちば）』〔一九三二〕の一節。川端の文芸——観照的デカダンスの極地に位置するような制作——の属性一般は、早くもこの初期短篇に凝縮（ぎょうしゅく）している。川端が日本初（はつ）のノーベル文学賞受賞者となったことは、日本現代流行文学の特定消極的性格とノーベル賞のそれとの双方を露骨に物語る。『落葉』発表の三十余年後、吉本隆明（よしもとたかあき）が、マルクスの「五感の形成は今日までの全世界史の労作である。」という言葉を援用しながら川端晩期の『眠れる美女』を論じた。たしかに川端の文学総体には「呼び止めたくて呼び止められない」「冷たい秋の稲妻のやうな美しさ」はある。

ひややかにみづをたたへて
かくあればひとはしらじな
ひをふきしやまのあととも

生田長江（いくたちやうかう）

批評家・小説家・劇作家。本名は弘治。鳥取県生（一八八二〔明治一五〕～一九三六〔昭和一一〕）。東大哲学科卒。『最近の小説家』、『最近の文芸及び思潮』、『円光以後』、『宗教至上』、『創作釈尊』など。

＊たちつくしものをおもへば／ものみなのものがたりめき／わがかたにつきかたぶきぬ〔詩『たちつくし』〕

改造社版『現代日本文学全集』28〔一九三〇〕所収『ひややかに』。直接には火口湖ないし火口原湖が詠ぜられたにちがいなかろうが、どんな「火」の像・どのような「噴火」の表象が長江の頭脳を去来したかは、読者に決定不能であろう。私は、たとえば前川佐美雄の「春の夜にわが思ふなり若き日のからくれなゐや悲しかりける」を思い合わせ、またたとえば長江自身の「あさましく年をかさねて若人のわかさを哂ふ身となりしかな」を思い合わせる。おなじく長江の「忽ちに風吹き出でて／燭の灯の消えも行きなば／ふり仰ぎはじめて知るや／中天に月のありしを」〔『月明』、一九二六〕も、おもむきの深い作である。

秋くればまづ君がうへしのばれぬ桐もひと葉ののきのゆふ風

金子薫園（かねこくんえん）

歌人。本名は雄太郎（ゆうたろう）。東京生（一八七六〈明治九〉〜一九五一〈昭和二六〉）。尋常中学（東京府立一中）中退。『かたわれ月』、『わがおもひ』、『覚めたる歌』、『白鷺集』など。

＊うつし世に汝（なれ）と山河の巡礼に出でむ日もがな空のうららかさ

歌集『かたわれ月』〔一九〇二〕所収。「うせし一葉女史をしのびて」という詞書きが付いている。樋口一葉が粟粒結核で夭逝したのは、その四年前の十一月。彼女の最高傑作と今にせられる『たけくらべ』が『文芸倶楽部』に纏めて掲載せられたのが没年の正月。たとえば鷗外は「われは仮令世の人に一葉崇拝の嘲を受けんまでも此人にまことの詩人といふ称をおくることを惜まざるなり。」と激賞した。若い薫園が一葉（の作）を敬愛したのは極めて自然であったろう。「雲井より笙の音すなり君はいま月のみふねに棹やさすらむ」は同集中の一葉追悼作。

……吉は涙の眼に見つめて、お京さん後生だから此肩の手を放しておくんなさい。

樋口一葉

小説家。本名は奈津。東京生（一八七二〔明治五〕〜一八九六〔明治二九〕）。青梅学校小学高等科中退。『たけくらべ』、『ゆく雲』、『にごりえ』、『十三夜』、『われから』など。

＊来て止まる蝶もありけり凋み花

短篇『わかれ道』(一八九六)の結び。「吉」は作の未成年男主人公、「お京さん」は作の成年女主人公、表題は「人生の岐路(きろ)」というようなことを意味する。一葉の作(全部短篇)は、すべて雅文体で書かれていて、その多くは秀抜な結び——体操競技ならば「絶妙の着地」——である。掲出の結びは、なかんずく白眉(はくび)。そういう卓抜の結びについて私は〝雅文体ならでは〟の感慨をしたたか持っているものの、それは必ずしも適切な考えではないのかもしれぬ。なにしろ、ここには大問題が存在するようである。

年たけて又こゆべしと思ひきやいのちなりけりさ夜の中山

西行

歌僧。俗名は佐藤義清。京都生（一一一八〔元永一〕～一一九〇〔建久一〕）。もと北面の武士。『新古今和歌集』所収九十四首のほかに『山家集』など。

＊あはれいかに草葉の露のこぼるらむ秋風立ちぬ宮城野の原

歌集『山家集』所収。戦前の川端康成は、正宗白鳥作短篇『故郷』および徳田秋聲作短篇『和解』を評して「勝手にしろとでもいふ外ない傑作」と言った。戦後の吉本隆明は、掲出歌について〝勝手にしやがれと言いたいような名作〟という意味のことを書いた（これが私の記憶違いであったら、私は、詫びねばならない）。なにしろ、「勝手にしろとでもいう外ない傑作」が、古往今来たまたま存在し、たしかに掲出歌は、そういう作である。私は古泉千樫の秀歌「ゆく水のすべて過ぎぬと思ひつつあはれふたたび相見つるかも」（『屋上の土』）におのずと思い至るが、とてもそれは掲出歌には及ばない。

また、晩年まで老いずにじりじりとのぼりつめて、ばたりと倒れた大家もいる。たとえば夏目漱石であり森鷗外である。

吉本隆明（よしもとたかあき）

詩人・批評家。東京生（一九二四〔大正一三〕～二〇一二〔平成二四〕）。東工大卒。『転位のための十編』、『芸術的抵抗と挫折』、『言語にとって美とは何か』、『良寛論』、『ハイ・イメージ論』など。

＊それから／世界の病巣には美しい打撃を／あたえねばならぬ〔詩『崩壊と再生』の終節〕

エッセイ集『詩的乾坤』（一九七四）所収『感性の自殺』の断章。おなじ批評文の中には「〈感性〉の衰えをしめすはずの年齢にありながら、いささかもその徴候を見せぬどころか、青年期よりもはるかにとおい深淵と、ゆけども迷路は増すばかりであるというような、人間存在の在り方をのぞかせつつ死をむかえた文学者は、明治以後に、ただ夏目漱石とべつの意味で森鷗外を数えられるだけである。」という断章もある。どちらをも年来私は胆に銘じている。今日吉本の年齢は漱石ないし鷗外の没年をずいぶん超えた（吉本よりも年長の私自身については言うもおろかである）。プライヴェートな交際はないが、私は、吉本の自愛を切に念ずる。

おれが死ねば君がいうらむ君が死んでおれが言うのだ、死んだ奴はバカよ

秋山清（あきやまきよし）

詩人・批評家。別名は局（つぼね）清。福岡県生（一九〇五〈明治三八〉～一九八八〈昭和六三〉）。日大社会学科中退。『象のはなし』、『ある孤独』、『アナキズム文学史』、『秋山清詩集』など。

＊一九二一年三月一八日／夜はチェカが無数の銃殺をあえてして、／クロンスタットの反逆は血潮のなかに鎮圧された。／反革命の名に死んだ自由と解放の友よ。／その敗北よ。／わがクロンスタット。〔一九三四年作詩『クロンスタットの敗北』の終節〕

歌集『冬芽』(一九八四)所収。掲出歌は敗戦後の作であるが、同集中の「朝となりて白く流るる光あり夜見し夢の今はかたもなし」、「又右衛門は輸卒となりて支那事変の初端に死にたりと墓石大いなり」などは日中全面戦争〜太平洋戦争中の作である。戦争期において詩人秋山清は、吉本隆明が一九六〇年代に「日本の詩的抵抗の最高の達成」(『抵抗詩』)と評価した仕事(『白い花』、『おやしらず』その他の制作)をしていた。その秋山は、七年前に死んだ。私は、いまもなお誰彼の死について「死んだ奴はバカよ。」と言ったり思ったりしているが、早晩やがて私自身の死が誰彼から「死んだ奴はバカよ。」と言われたり思われたりすることになる。

晩秋のこの頃、私は、「菊の香や奈良には古き仏達」と詠じた古詩人の心境を追想するとともに、若くして死んだ異国の詩人シェリイの「西風に寄せた」詩の激情にも心が動かされるのである。「枯れっ葉を吹払ふやうに死んだ思想を追払へ。……冬来りなば春遠からじ……」。

正宗白鳥

批評家・小説家・劇作家。本名は忠夫。岡山県生（一八七九〔明治一二〕〜一九六二〔昭和三七〕）。東京専門学校（のちの早大）文学科卒。『何処へ』、『泥人形』、『光秀と紹巴』、『作家論』、『今年の秋』など。

＊一八九八年三月十五日　曇。／朝注文書漸く着す。テンペストを読み、暗記。〔『二十歳の日記　抄』より〕

エッセイ集『文芸評論』〔一九二七〕所収『読書余録』。世評の大方は白鳥を「ニヒリスト」ないし「ニル・アドミラリ」ないし「無技巧派」と目してきたようであるが、私は必ずしも（あるいはおおよそ）同じない。掲出文に内在する〝精神のみずみずしい積極性〟は私のごとき見方の有力な一例証であろう。今日たとえば保坂和志（『この人の閾』の作者）の「外見上ノンシャラン」の奥底にも、私は同様の〝精神のみずみずしい積極性〟を期待的に透視する。

冬の部

我が友の高橋萬吉老いにけり葱を片手にわれに礼する

前田夕暮

歌人。本名は洋造。神奈川県生（一八八三〔明治一六〕〜一九五一〔昭和二六〕）。中郡中学中退。『収穫』、『生くる日に』、『原生林』、『水源地帯』など。

＊扉をひらきつめまひしてわが入りにけり窓なき部屋の一脚の椅子

「改造文庫」版自選歌集『原生林』〔一九二九〕所収。同集中の「提灯のはだかびさむし畳のうへおきて物いふ故郷人は」とともに、これは、すぐれた帰省詠である。夕暮三十八歳の作。「高橋萬吉」は小学校での同級生あたりならん。四十歳そこそこの人間に関する「老いにけり」という類の表現は、そのころの短歌などに必ずしもめずらしくないようでもあるが、つまりは人生五十年時代的制約下の作か。それにしても今日の新作家たち、たとえば相対的に力量のある南木佳士や奥泉光やの作中人物たち三十代後半ないし四十代前半もが依然たる「老いにけり」の精神的表情を帯びていることは、よほど私を不安にする。

土曜日だのに、もう九時だのに
夜学校にはまだ燈が点いてるよ。
あれお聴き、鐘がなる。
なんぼなんでもねぇ、
早く退けたら可いのにねぇ。

木下杢太郎

詩人・劇作家・小説家。本名は太田正雄。静岡県生（一八八五〔明治一八〕〜一九四五〔昭和二〇〕）。東大医学部卒。『南蛮寺門前』、『和泉屋染物店』、『食後の唄』、『葱南雑稿』など。

＊直あさん今晩は来ないのかしら。／待つともなく話しこ

んで／御座敷さへ断ったが……／ねえ、おかみさん、／直あさん今晩は来ないのかしら。〔詩『怨情』〕

詩集『食後の唄』〔一九一八〕所収「町の小唄」の中の『夜学校』。〝「夜学校」は、現代では「定時制」と言うのだ。〟——そんな台詞が、十余年前の山田洋次演出映画に、あった。その山田監督の近作『学校』は大方の好評を博しているが、それも「定時制」である。詩人・劇作家木下杢太郎は、また医学博士太田正雄としてハンセン病克服のために精励した。彼の臨終の「シンセリティも必要だが、それはどんな野蛮な人間でも持てる。要はアンテリジャンスだ。それがないのだ。」という言葉には、千鈞の重みがある。

おり立ちて今朝(けさ)の寒さを驚きぬ露しとしとと柿の落葉(おちば)深く

伊藤左千夫(いとうさちを)

歌人・小説家。本名は幸次郎(こうじろう)。千葉県(上総殿台(かずさとのだい))生(一八六四〔元治(げんじ)一〕〜一九一三〔大正二〕)。明治法律学校中退。『野菊の墓』、『分家』、『左千夫歌集』など。

*かぎりなく哀しきこころ黙(もだ)し居て息たぎつかもゆるる黒髪

『左千夫歌集』〔一九二〇〕所収。一九一二年〔大正元年〕発表連作絶唱「ほろびの光」五首の名高い第一首。第五首は、これも名高い「今朝(けさ)の朝の露ひやびやと秋草やすべて幽(かそ)き寂滅(ほろび)の光」。一九一二年は左千夫逝去の前年に当たるから、「ほろびの光」という表現は、あるいは彼自身の死の予感であったのかもしれない。斎藤茂吉が「異境のゲエテなど」をも引き合いに出しつつ「ほろびの光」連作を「左千夫生涯の歌の頂点に位するものの一つ」〔『伊藤左千夫』〕、「左千夫先生一代中の傑作の一つ」〔『左千夫歌集合評』〕と絶讃するのも、まことに「うべなるかな」である。

霜のふる夜を菅笠のゆくへかな

芥川龍之介

小説家。号は澄江堂、我鬼など。東京生（一八九二〔明治二五〕～一九二七〔昭和二〕）。東大英文科卒。『鼻』、『侏儒の言葉』、『河童』、『玄鶴山房』など。

＊遠山にかがよふ雪のかすかにも命を守ると君につげなむ

『澄江堂句集』（一九二七）所収。一九二二年（大正十一年）の作。「一游亭主人、病を伊香保に養はんとす。別情自ら愴然たり。」という前書きは、これが親友小穴隆一画伯群馬県伊香保湯治行に際しての送別作であることを物語る。ところで、しかも、私は、弱年のころ初めて読んで以来、もっとダイナミックなドラマの存在を掲出句の上に想像してきた。一つには、「菅笠」という語が幕藩体制下なら浪人者とか股旅者とか・近現代なら思想犯とか政治犯とかにかかわるイメージを私に喚起したのであったろうか。おなじ作者の「竹林や夜寒のみちの右ひだり」は、なにやらスタティックにして日常的な内外風景でなければなるまい。なにせ、両句は、いずれもそれぞれ晩秋初冬の候における夜の寒さ冷たさを如実に表現している。

お増は側に立膝をしながら、巻莨をふかしてゐた。睫毛の長い、疲れたやうな目が、充血してゐた。露出しの男の膝を抓ったり、莨の火をおっつけたりなどした。男は吃驚して跳ねあがった。

徳田秋聲

小説家。本名は末雄。石川県生（一八七一〈明治四〉～一九四三〈昭和一八〉）。第四高等中学校中退。『黴』、『あらくれ』、『爛』、『仮装人物』、『縮図』など。

＊折々は妻のうとまし冬籠り

中篇『爛』（一九一三）の「二」の結末部。遊女上がりのお増は、男（彼女の身請けをした会社員浅井）の「二号」である。六十年弱前、十代後半の私は改造社版『現代日本文学全集』18で『爛』を初めて読んだ。同書所載「年譜」に「愛慾描写の技巧神に入り、簡潔細緻を究む。」という評言があって、読後私は、まったく同感した。十年強前、耳順過ぎの私は、再通読し、六十年弱前の同感に少しの変化もないことを確認した。たしかに『爛』は「愛慾描写の技巧神に入り、簡潔細緻を究」めた作物である。

街をゆき子供の傍を通る時蜜柑の香せり冬がまた来る

木下利玄

歌人。本名は利玄。岡山県生（一八八六〈明治一九〉～一九二五〈大正一四〉）。東大国文科卒。『銀』、『紅玉』、『一路』、『李青集』など。

＊木の花の散るに梢を見あげたりその花のにほひかすかにするも

歌集『紅玉』（一九一九）所収。木下利玄の仕事が私に感ぜしめる特長の主な一つは感官の際立って澄明な働きである。視覚については言うも愚かでなければならない。掲出歌は嗅覚の際立って澄明な働きを私に感ぜしめる。たとえば「灯をもてば廊下のてりの足下にひややかなれやまだ宵のあさく」（『紅玉』）、「着物の下に手をやりてみれば亡せし子の肌には未だぬくみたもてり」（同前）は触覚の、またたとえば「森ふかみ地に落ちきたる硬き実の枝葉にあたる音はやきかも」（同前）、「この峡にわれ一人なり近くにてほそぼそ澄めるせせらぎの音」（『一路』、一九二四）は聴覚の、際立って澄明な働きを私に感ぜしめる。ただし、味覚に基づいた作品はないようである。

詩人ノ詠物、画家ノ写生ハ、同一ノ機軸ナリ。形似稍易ク、伝神甚ダ難シ。

田能村竹田

作者略歴前出〔六二ページ〕

*月ヲ喚ビ風ヲ招キ酒ハ沽フベシ／一家将ニ去ッテ蒲蘆ニ宿ラントス／琵琶湖上三万頃／王侯ニ属セズ釣夫ニ属ス〔詩『自画漁父ニ題ス』、原漢文〕

『山中人饒舌』（一八三五）所収（原漢文）。「咏」は〝詠〟にひとしい。「伝神」は〝精神を伝えるように表現すること〟である。百十数年後、中野重治が「このこと（生活と芸術との内奥的統一関係）は、あのスタイルで出てきた鷗外の作品と鷗外のスタイルを真似て書いた他の作家たちの作品とを比べてみてよくわかる。（中略）スタイルと中身との決して引きはなせぬことをそれは証拠だてたのである。」（『鷗外　その側面』、一九五二）と言ったのも、おなじような消息にかかわる。文芸の現在について、掲出文は、いよいよますます肯綮に当たっている。

都の空師走（しはす）に入りて曇り多し心疲れて障子をひらく

島木赤彦（しまきあかひこ）

作者略歴前出〔一二四ページ〕

＊この朝け道のくぼみに残りたる春べの霜を踏みて別れし

歌集『氷魚』〔一九二〇〕所収。「二階」と題せられた一連中の一首。その冒頭の作は「人の家の二階一と室に物を書く冬の日数の久しくなりぬ」であるから、「心疲れ」は、主に執筆の疲労であろうか。「心疲れて障子をひらく」は、たいそう巧者な表現であるが、障子のそとも冬の曇り空では、むすぼおれも晴れやかにはおおかたなるまい。おなじ集中の「障子あけて昨日の朝も今日の朝も遠くながむる春さりにけり」は、掲出歌とともに、私の長らく愛誦してきた歌である。こちらの障子のそとの天地には、いかにものどやかな早春の気が、みなぎっているとみえる。

行く年や遠きゆかりの墓を訪ふ

失名氏(しつめいし)

ここの「失名氏」も、前記〔八六ページ〕の場合とおなじく、筆者私〔大西〕が作者名をふつつかにも失念していることを意味する。

＊まだなにもきかぬふりして毛糸(けいと)編(あ)む

＊世を忍(しの)ぶをんなすがたや花芒(はなすすき)

『読売新聞』一九三九年十二月某日号〔?〕「読売俳壇」当選第一席。選者は室生犀星か。作者名を私は覚えていない。私は、九州福岡市因幡町の県立図書館新聞閲覧室でたまたま読んだ。当時、『読売』は全国新聞ではなかったから、九州在住の私などはそんな所でしか見ることができなかった。金子兜太の句集に『早春展墓』〔一九七四〕があり、その中にたとえば「早春展墓おかめひょっとこ人殺し」の秀抜がある。掲出句の命題は、さしずめ「歳晩展墓」か。第二席は、これも失名氏の「ゆく年の夜のあひ傘に日記買ふ」。「あひ傘」の二人は新婚の若夫婦ならん。これは、また軽快な佳句であるが、掲出句の深いおもむきには、ずいぶん及ばない。

僕にお金（きん）が話す時、「どうしても方角がしっかり分からなかったと云ふのが不思議ぢゃありませんか」と云ったが、僕は格別不思議にも思はない。聴くと云ふことは空間的感覚ではないからである。

森鷗外（もりおうぐわい）

小説家・批評家・詩人・劇作家。本名は林太郎（りんたろう）。島根県（石見津和野（いわみつわの））生（一八六二（文久二（ぶんきゅう））〜一九二二（大正一一））。東大医学部卒。『舞姫』、『うた日記』、『雁（がん）』、『阿部一族』、『澀江抽斎』など。

＊露おもき花のしづえに片袖をはらはれて入る庭のしをり戸

短篇『心中』〔一九一二〕の断章。〝『心中』は、鷗外作短篇中の白眉であり、また近代日本短篇中の屈指である。〟と私は独断している。それでも私が右断章を掲げたのは私の独断を事新しく宣揚しようがためではない。音響のみを聴いて、その出所をしかとは突き止め得ぬことが私にしばしばあるたび、私は必ずたちまち掲出断章に思い寄って心を安んずる。「聴空間」、「音定位」などの語もあるから、『心中』の「僕」の断定は、必ずしも普遍妥当性を持たぬのかもしれないが、ともあれ、なにしろ『心中』は好短篇である。未読の人は、ぜひ一読せられよ。

かそかなる心ほのめき粧(よそほ)へりぼたん雪ふり華やかなるも

斎藤史(さいとうふみ)

作者略歴前出〔八八ページ〕

＊ねむりの中にひとすぢあをきかなしみの水脈(みを)ありそこに降(ふ)る夜(よる)のゆき

　歌集『朱天』〔一九四三〕所収。この秀作愛誦歌が、その都度おのずと私をして樋口一葉作短篇『雪の日』〔一八九三〕に思い及ばしめ、また並木鏡太郎演出映画『樋口一葉』〔一九三九〕において山田五十鈴の扮する蛇の目傘・御高祖頭巾・被布姿の一葉が師にして思い人なる半井桃水〔高田稔演〕を久方ぶりに訪うて積雪の道を行きなずむ情景に思い至らしめる。雪の日における女性の内面の寂寥と外面の華やぎと。

顔はまっしろけで
こころは魔もの
抱かれ心地はこの上ないが
聞けば逢ふには命がけ

佐藤春夫

作者略歴前出〔一〇八ページ〕

＊さまよひくれば秋ぐさの／一つのこりて咲きにけり、／おもかげ見えてなつかしく／手折ればくるし、花ちりぬ。〔詩『断章』〕

詩集『魔女』〔一九三二〕所収『俗謡「雪をんな」』。たとえば小泉八雲作短篇『雪をんな』が私に連想せられるが、むしろ作者の表象には、たとえば国木田独歩作短篇『女難』における「外面如菩薩内心如夜叉などいふ文句は耳にたこが出来るほど聞かされまして、何んでも若い女と見たら鬼か蛇のやうに思ふが可い」云云の類の〝女性一般〟があったのではあるまいか。もしそうなら、とりわけ今日そんなイデオロギーには大問題が存在し、むろん私は同意しない。さりながら、掲出詩は、ずいぶん軽妙な出来映えであり、なかなか魅力的な表出である。

一万五千円の学費つかって、学問して、さうして、おぼえたものは、ふたり、同じ烈しき片思ひのまま、やはりこのまま、わかれよ、といふ、味気ない理性、むざんの作法。

太宰治（だざいをさむ）

小説家。本名は津島修治（つしましゅうじ）。青森県生（一九〇九〔明治四二〕～一九四八〔昭和二三〕）。東大仏文科中退。『晩年』、『ダス・ゲマイネ』、『老（アルト）ハイデルベルヒ』、『斜陽』、『人間失格』など。

＊「生活とは何ですか。」／「わびしさを堪へることです。」〔随想『かすかな声』より〕

短篇『二十世紀旗手』〔一九三六〕の断章。「一万五千円の学費つかって、学問して」は「大学にまで行って学問して」の意味。当時の「一万五千円」は現在の「六、七千万円」か。掲出文には主人公の苦い「自嘲」がある。「これらの『学校出』連中は、こんな無教養の下衆どもになるために、莫大な金を使って大学にまで上がったのであったか。」は、私の長篇『神聖喜劇』第四部の断章。そこには主人公の烈烈たる「他嘲」がある。今日、「大学出」は掃いて捨てるほどいる。願わくは、それらのおのおのが上述の「自嘲」ないし「他嘲」と終始無縁であらんことを。

高ひかる日の母を恋(こ)ひ地(ち)の廻(めぐ)り廻(めぐ)り極(きは)まりて天(あめ)新たなり

斎藤茂吉(さいとうもきち)

作者略歴前出〔七二ページ〕

＊ほがらほがらのぼりし月の下びにはさ霧のうごく夜(よる)の最上川

歌集『赤光（しゃっこう）』（一九一三）所収。一九〇八年（明治四十一年）作「新年の歌」十四首の中の一首。なかなか雄大な歌がら。……もしも現代の誰かが、中世のポーランドなりイタリーなりに「タイム・スリップ」をして、コペルニクスかガリレイかに掲出歌を見せたならば、先方は、「わが意を得たり」とばかりにほほえむかもしれない。……一九二〇年代後半の斎藤茂吉は、五島茂（ごとうしげる）を激しく論難した。その五島の一九三〇年代前半作「わが船一（ひと）つ空と海との中にありて地球の自転に逆らへるおもふ」が、私に思い合わせられる。これは、イギリス留学より帰朝の途次・インド洋上における五島の詠である。

積雪(せきせつ)や埋葬(まいさう)をはる日の光り

飯田蛇笏(いいだだこつ)

俳人。本名は武治。別号は山廬(さんろ)。山梨県生（一八八五〈明治一八〉～一九六二〈昭和三七〉）。早稲田(わせだ)大英文科中退。『山廬集』、『霊芝』、『白嶽』、『春蘭』、『椿花集』など。

＊秋冷のまなじりにあるみだれ髪

句集『山廬集』(一九三二)所収。衆評一致して「簡勁蒼古(かんけいそうこ)」を称(たた)える風格が、掲出句にも如実に顕現している。しかも(?)私は、東洋的なそれをよりも、むしろ西洋的な情景を表象する。一面に降り積もって今は止んでいる雪が陽光にきらめく丘の上には、教会堂があり、喪服(もふく)の老若男女一群が、物静かに下(くだ)り始める。それをロング・ショットでくっきりと切り取ったような構図。民族的にして国際的な息吹(いぶ)きの生動的な現存が、ここに見出されるようである。

『パンの略取』ひそかに持っていただけの思想犯の律儀さ

木原実

詩人・歌人。愛媛県生(一九一六〔大正五〕~二〇一〇〔平成二二〕)。今治中学卒。社会運動家(一九六七年から一九八一年まで五期十五年間、社会党所属の衆議院議員)。『漂う草』、『韋駄天』、『笑う海』、『アジア幻視行』など。

＊こなごなに砕けた富士　ひび割れた月がかたすみからのぞいている

『象』21号〔一九九五春〕所載『律儀な思想犯』十七首のうち。小林秀雄の「この二十五歳の青年が、スペイン外套を羽織り、鍔広のソフトを長髪の頭に戴き、彼自身実際には何等知る処のない民衆への憎悪と愛情とに歪んだ憂鬱な顔をして、ペテルブルグの街を歩く痛ましい図は、ペトラシェフスキイ会を象徴してゐる様なものであった。彼等は殆どフウリエストであり、果てしない議論と煙草、ウィルヘルム・テルの音楽とユウゴオの詩の朗読で、毎金曜日の夜は白んだ。彼等の重要な告発理由は、フウリエの誕生日に一夜ささやかな酒宴を張ったといふことであった。」〔『ドストエフスキイの時代感覚』〕という一節が私に連感せられる。「思想犯」は、いつでもおよそしかく「律儀」である。

雪降れば亦心温く
机上の薔薇枯るるといへど
吾が孤独の星座
つねに風沙を開く

林芙美子

小説家。本名はフミコ。山口県生（一九〇三〈明治三六〉～一九五一〈昭和二六〉）。尾道高女卒。『放浪記』、『三等旅行記』、『稲妻』、『晩菊』、『浮雲』など。

＊秋はいいな／朝も夜も／私の命がレールのやうにのびて行きます。〈詩『秋のこころ』の終節〉

『林芙美子全詩集』（一九六六）所収『二章』。五十余年前、私は、掲出詩を東峰書房刊『日記Ⅰ』か『日記Ⅱ』かで読んだ。現在、私は、それらの書物をも『林芙美子全集』をも所有しないから、国立国会図書館で、『林芙美子全詩集』と私の記憶とを照合し、そこに異同のないのを確認した。東峰書房刊二冊の中には短歌「髻にあかき花挿し紅をつけ天に問ひたき侘びの日もあり」も出ていた、と私はおぼえる。これらの詩歌作品は、『放浪記』ないし『三等旅行記』の清新な散文作品と、いかにも内面的に呼応している。

すきとほる魚身（ぎょしん）あらはに水さむしおのれを恃（たの）むことのはかなさ

五島美代子（ごとうみよこ）

歌人。東京生（一八九八（明治三一）〜一九七八（昭和五三））。国学院（こくがくいん）大・東大国文科聴講生修。『暖流』、『赤道圏』、『新輯母の歌集』、『垂水』など。

＊女身（にょしん）の道さからひかねてをとめづく娘（こ）はまみうるみ時にすなほなり

歌集『新風十人（しんぷうじゅうにん）』〔一九四〇〕所収。なかんずく一九三〇年代ごろの五島美代子作品には、掲出歌や「おとしあな設けられなばそを踏みておちいりてのちまた行かむわれは」など、私の愛誦歌が少なくない。そのくせ――あるいは、言わば「そのせいで」――私は、錯覚を起こし、甚（はなは）だ不届きな過ちを犯した。せんだって私は「わが船一（ひと）つ空と海との中にありて地球の自転に逆らへるおもふ」を五島茂（しげる）の作と書いたが、これは、夫人美代子が夫茂のイギリス留学に同行した際の（たぶん渡欧の途次・インド洋上における）詠である。私は、謹んで訂正し、故五島美代子氏、五島茂氏、読者諸氏にお詫びする。

私は『神曲』に親しんでゐる。しかし、六百余年前の伊太利の小都会で短い生涯を送った一少女に永遠の救ひを求めるためではない。

正宗白鳥(まさむねはくてう)

作者略歴前出〔一七二ページ〕

＊知己を後世に待つとは、思慮の深い言葉のやうであるが、今日の人間よりも後代の人間の方が一層賢明であることが如何にして証明されるのであらう？〔随筆『雑感集』より〕

エッセイ『ダンテについて』〔一九二七〕の断章。むろん「六百余年前の伊太利の小都会で短い生涯を送った一少女」とは、ベアトリチェを指す。独得(ユニーク)な・珍重するべき文学者白鳥の真骨頂(しんこっちょう)が集約的にこのエッセイに出ている、と私は考える。私は、『ダンテについて』ないし白鳥の物の見方・考え方に必ずしも全的には賛成しないものの、大いに敬意を表する。「ケリーの英訳本には『ダンテの幻相』と題目がつけられてゐるが、この幻相が写実の妙を極めてゐることは、地獄篇の幾曲かを熟読すれば、誰れにでもよくわかるのだ。」という一(ひと)くだりなどは、実に文学上の金言である。

江の川の川波の渦はゆき流るつきせぬ歎きに父母はまさむ

平福百穂

歌人・画家。本名は貞蔵。秋田県生(一八七七〈明治一〇〉～一九三三〈昭和八〉)。東京美術学校(いまの東京芸大)選科卒。『寒竹』、『日本洋画の曙光』、『竹窓小話』など。

*足袋刺してみとり女ひとりしづかなり土鍋の重湯はや煮ゆる音

歌集『寒竹』〔一九二七〕所収。「江の川」の所在は島根県西部。これは、かつて作者が病気入院した際の付き添い看護婦――彼女の故郷が「江の川」のほとり――にたいする挽歌である。散文においても韻文においても、そこに出ている固有名詞（地名ないし人名）が、抜き差しならぬ・掛け替えない物と私に痛感せられる場合が、時としてある。この「江の川」とか長塚節作「ゆゆしくも見ゆる霧かも倒に相馬が嶽ゆ揺りおろし来ぬ」の「相馬が嶽」が、その実例である。もしも「江の川」が別の固有名詞（地名）に取り替えられたら、掲出歌の悲壮雄大な歌柄はたいがい多かれ少なかれそこなわれるであろう。かくて、ある場合には、固有名詞（地名ないし人名）が、詩文の調なり体なりの高低深浅をほとんど決定的に左右する。

日本の文学世界は混沌(こんとん)としてるように見えるけれども、それを貫く社会的論理の糸は途絶(とだ)えてはいない。見失われることはあろうが、カオスのなかからも糸口は拾い上げられるのだ。

中野重治(なかのしげはる)

作者略歴前出〔二二ページ〕

＊空のすみゆき／鳥のとび／山の柿の実／野の垂り穂／それにもまして／あさあさの／つめたき霧に／肌ふれよ／ほほ　むね　せなか／わきまでも〔詩『十月』〕

エッセイ『閏二月二十九日』(一九三六)の断章。このあとに「そして社会生活の論理の糸は文学批評の論理の糸をいっそう弾力あるものとしずにはいないと思う。」という言葉が続いている。約六十年前、「二・二六事件」勃発直後、これを中野は書いた。いまは、中野が物故してから十七年目である。もしも生きていたら、その中野も〝日本(の文学・文化世界)はあまりに混沌としてる。〟と言うかもしれない。しかし〝あまりにカオスのなかからも糸口は拾い上げられる〟のであり、私たちは力を立てて「拾い上げ」なければならぬのである。

駄目なことの一切を
時代のせいにはするな
わずかに光る尊厳の放棄

自分の感受性くらい
自分で守れ
ばかものよ

茨木(いばらぎ)のり子(こ)

詩人。本名は三浦(みうら)のり子(こ)。大阪府生(一九二六〔大正一五〕〜二〇〇六〔平成一八〕)。帝国(ていこく)女子薬専卒。『対話』、『見えない配達夫』、『人名詩集』、『自分の感受性くらい』など。

＊だから決めた　できれば長生きすることに／年とってから凄く美しい絵を描いた／フランスのルオー爺さんのように／ね（詩『わたしが一番きれいだったとき』の終節）

詩集『自分の感受性くらい』（一九七七）所収『自分の感受性くらい』の最終二節。私は、たとえば土岐善麿(ときぜんまろ)の「とかくして不平なくなる弱さをばひそかに怖(おそ)る秋のちまたに」（『雑音の中』）を〝精神の立派な在り方〟として銘記するが、それと毫(ごう)も矛盾(むじゅん)のない〝精神の立派な在り方〟として掲出詩を銘記する。これは、初期における秀作『六月』（『対話』所収）、『わたしが一番きれいだったとき』（同上）の詩人の中期における一代表作であろう。

彼〔ドストエフスキイ〕の浅瀬を嫌ったリアリズムが深化するに従って批評家の理解は彼を去った。炯眼（けいがん）なミハイロフスキイさへラスコォリニコフが街頭を歩いてゐた事を頑固に認めようとはしなかった。

小林秀雄（こばやしひでを）

作者略歴前出〔三〇ページ〕

＊そこで、自分の仕事の具体例を顧みると、批評文としてよく書かれてゐるものは、皆他人への讃辞であって、他人への悪口で文を成したものはない事に、はっきりと気附く。そこから率直に発言してみると、批評とは人をほめる特殊の技術だ、と言へさうだ。〔エッセイ『批評』より〕

　エッセイ『ドストエフスキイの時代感覚』〔一九三七〕の断章（むろんそれは、『罪と罰』にかかわる文章である）。「当時横行した実証主義的ヒュウマニズムが、彼の言葉を借りればロシヤの現実の浅瀬を渉るリアリズムに過ぎない事」などの文言が、掲出断章に先行する。真正芸術家の（特に、、、当代に、、、おける）悲惨と栄光との一典型が、そこに鋭角的に抉り出されている。

大阪のカレドーニアによく行きし友の二人は戦死し果てぬ
失名氏

右の「失名氏」も、また前記〔八六ページ〕の場合と同様のことを意味する。

＊倶会一処なみだのうちに生くれども御祖の里は日々に近けれ

＊構はずに前進せよといふ戦友の手より胸より血は流るるを

＊現し世はたとへば草に見る風のあるかなきかに事消えゆくも

　私は、十五年前にも一度この歌のことを書いたが、今日も作者を知り得ていない。太平洋戦争中、一等兵私は、離島要塞における陸軍病院娯楽室の古雑誌で、たまたま読み、銘肝（めいかん）した（坂口安吾（さかぐちあんご）の名品『真珠（しんじゅ）』をもそこで読んだ）。作者は職業歌人ではない、と私は記憶する。「カレドーニア」は喫茶店かバーかの名前ならんか。おなじ作者の作品が、他に二首出ていた。他の二首も秀歌であった、とのみしか、ふつつかにも私は覚えていない。ただし、その一首の上の句は、たしか「街を行き人（ひと）けすくなき国に住み」。作者自身の健在は大いにあり得ることであり、万一そうでない場合にも、これは縁者知友などの記憶にあろう。どんなに少なく見つもっても、愛誦者が、一人だけは、すなわち私という愛誦者が、現存する。

唯物論とは、言語や関係の外在性＝物質性（マテリアリティ）を認めること、それらを思惟によって内面化しえないものとみなすことにほかならない。

柄谷行人（からたにこうじん）

批評家。本名は善男（よしお）。兵庫県生（一九四一〔昭和一六〕～）。東大経済学部卒・同大学院（英文学専攻）修士課程修了。『意味という病』、『マルクスその可能性の中心』、『日本近代文学の起源』、『ヒューモアとしての唯物論』など。

＊注意すべきことは、概して、ヒューモアは、一見してそうでないような思想家にこそ見いだしうるということである。〔エッセイ『ヒューモアとしての唯物論』より〕

エッセイ集『終焉をめぐって』〔一九九〇〕所収『死語をめぐって』の断章。その論攷中には「日本の近代文学の内面性とは、闘争の回避であり闘争の放棄を闘争と見せかけることである。」という鋭利な指摘も見られる。たとえばマルクスの「観照的唯物論、すなわち感性を実践的活動として把握せぬ唯物論の到達点は、たかだか個個の個人ならびに市民社会の観照でしかない。」という言葉が私におのずと思い合わせられる。むろん掲出断章は間然するところのない命題であり、人類の今日および明日における中心当為の一つは如上命題の実行実現でなければならない。ただ、そのためには有形無形の真正な勇気が決定的に要請せられる。

流るる血ながしつくして厨辺(くりやべ)に死魚(しぎょ)ひかるなり昼の静けさ

岡本(をかもと)かの子(こ)

小説家・歌人。本名はカノ。東京生（一八八九〈明治二二〉～一九三九〈昭和一四〉）。跡見(あとみ)女学校卒。『かろきねたみ』、『母子叙情』、『やがて五月に』、『老妓抄』、『生々流転』など。

＊かくばかり苦しき恋をなすべくし長らへにけるわれにあらぬを

歌集『浴身（よくしん）』〔一九二五〕所収。掲出歌ならびに同集所収「風もなきにざっくりと牡丹くづれたりざっくりくづるる時の来（きた）りて」を、私は、岡本かの子の生前にも感銘していた。ところで、私は、彼女の死後いよいよ感銘してきている。『雪』、『鶴（つる）は病（や）みき』から短年月間における豊満佳麗な小説生産を経て五十歳そこその急逝に至る後半生を、彼女は、それらの作において先取りしていたようにみえる。たしかに彼女は、「流るる血ながしつくして」「ざっくりとくづれた」のであった。いかにもそれは、一つのみごとな生き方・死に方ではないか。

あとがき

本書出版に際して、私は、日本近代文学館の富樫瓔子氏に、久米正雄作「生きの身の」一句（一一〇ページ）に関する調査を依頼し、その結果、同句の掲載誌は『文藝春秋』一九三三年九月号であることが――約六十年ぶりに私に――判明した。同句には「恥多きか」という前書きが付いていて、中七の「わが血は紅し」は、正確には「吾が血は赤し」であり、「一九三〇年代後半」は、正しくは「一九三〇年代前半」である。私は、以上の正誤を記し、富樫氏に感謝する。

また、私自身の国立国会図書館における調べによって、「行く年や遠きゆかりの墓を訪ふ」（一九二ページ）の作者は〝東京・酒井良夫〟であり、「ゆく年の夜のあひ傘に日記買ふ」（一九三ページ）の作者は〝東京・岸北翔〟である、ということが――五十数年ぶりに私に――わかった（選者は、やはり室生犀星）。両作者について、私は、全然無知である。

「大阪のカレドーニアに」一首（二三二ページ）、「あぢさゐや身を持ちくづす」一句（八六ページ〕および「月照るや朝霧消ゆる」一句〔一四五ページ〕の各作者、「長右衛門また負ぶってね」一句〔九一ページ〕の出典は、遺憾ながら、どれもまだ私にはわからない（ただし、柴谷篤弘氏の教示によって、「カレドーニア」は喫茶店の名前であることが、私にわかった）。

一九九五年晩秋　　　　著　者

『春秋の花』の復刻に寄せて

著者に代わって読者へ

大西美智子

『春秋の花』が講談社から復刻された。

一番関係の深い人と、よろこびを分かちあうことはできない。

巨人は八五歳を過ぎた頃、「おれは、一〇五歳まで生きる気がする。勿論、クリエイティブ・パワーを発揮して、中断している『八つの消滅』も書きあげるし、まだまだ書くことはたくさんある」と言い、執筆計画表も出来ていた。九五歳になったら、「おれは、一一五歳まで生きる気がする」と、真顔で言いかえていた。

一〇五歳と聞いた時、実行できるだろう、と信じていた。一一五歳と聞いた時は、いくら何でもそれは、と思いながら聞いていた。言ったことを実行していれば、今回の復刻のことを自分の耳で聞きとどけられたのだろうが、うそが大嫌いな人が最初で最後の「大うそ」を私に残して去って行った。

一九四八年一一月。巨人三二歳、私二〇歳、生活を共にすることになる。間もなく、

今後、おれは就職しない。

小説を書く。

おれにしか書けない小説を書く。


と宣言した。

一九五二年、福岡から東京神田神保町へ移住する。

一九六〇年、『新日本文学』に小説の連載をはじめる。『最初の小波瀾』のち『神聖喜劇』と改題。努力しても、毎月渡す原稿の枚数は少なかった。『新日本文学』は原稿料は出せなかった。連載中、作品が完成したら「光文社」から上梓することが決まった。松本清張さんが、光文社の神吉晴夫社長に推挙されたそうだ。当時、神吉社長の出版界における業績は、その名を轟かしていた。

大西家の収入はなく、貧困の生活が続いていた。蔵書を売る。郵便がきて封筒の中にカンパが入っている。金策を心よく受け入れてくれる知人。賃仕事の微々たる収入。その様な日々、巨人が私に伝える言葉は、

金がないことは恥ではない。
貧乏に負けるな、貧乏たらしくするな。
精神はいつも豊かでなくてはいけない。
信念を持ちつづければ必ず成就する。
人間はありのままに生きるがよい。
何事か生じた時にその人の真価はわかる。
おこらなければわからない。
死ぬことは眠りからさめない状態。
鷗外や漱石が居たころ、おれはいなかった。無だった。同じようになるだけだ。
死んだ者は楽、生きている者が苦しむ。
作家は名前はどうでもよい。作品が残ればいいのだ。
夫婦は論理的でなければいけない。非論理的なことでおたがい不愉快な思いをしない。

であった。

若い頃から折にふれ伝えられる言葉は、その通り。言葉通り生きることに努力した。
うそつき、ごまかし、あいまいを嫌悪した。
光文社からは、早く完成するように、最大の協力を受けた。印税の前渡し。生活に必要

大西巨人　1995年7月

な費用を毎月受け取る。長い貧困生活から抜け出すことが出来た。

著作の方は以前と同じように、何でこんなに書けないのだろう、と嘆くことは続いた。

光文社の編集担当者も原稿進行のために、あらゆる支援を惜しまれなかった。ホテルに缶詰めは効果があるのでは、と二度実行される。一度目は、山の上ホテルについたその夜、夏祭りが騒々しいので帰って来る。二度目は、ホテルニューオータニに七日間滞在しても効果なし。家の書斎が一番よい。それが本人の思いでもあり、みんなも同じ思いになって、以後缶詰めの話題は消えた。完成までに二五年、四七〇〇枚の小説は多くの人々の援護のおかげで完結した。

巨人は長い年月、心衰える折々があったであろう。

この心あながちに切なるもの、とげずと云ふことなき也。（道元）

意志は強し　生命より強し

これらの言葉を胸に、己をむち打ち遂行したのであろう。多くの人の支援を忘れることはない。

一九九三年一一月五日、『週刊金曜日』の創刊発売日。企画の話では、巻頭に詩歌一篇を掲載、一〇〇回続ける、執筆は大西巨人。『神聖喜劇』に二五年の日数を要した人。待ったなしの週刊誌に連載とは無謀なことではないか、失態を生じることになるのではないか、と憂慮した。

何かをしらべて書くのではない。頭の中にあるものを整理して取り出すだけだからと、連載を楽しんでいる様子に見受けられた。

準備期間の三ヶ月は『月刊金曜日』に三回、そして『週刊金曜日』に一〇〇回。約三年、とどこおりなく終了した。連載終了後、『春秋の花』は光文社から出版された。詞華集（アンソロジー）『春秋の花』には新たに解説文を書き加えている。作者略歴部分に簡短な同人作の他の詩文を加筆、合計三百五十余篇が収められている。

むかし、むかし、私との語らいに「秋来ぬと目にはさやかに見えねども風のおとにぞおどろかれぬる」に匹敵する春の歌は、と問うた。たちどころに、「うちなびき春は来にけり青柳のかげふむ道に人のやすらふ」の藤原高遠だ、と返ってくる。庭に球根から育てているヒヤシンスが紫色の花を咲かせた。「ヒヤシンス薄紫に咲きにけりはじめて心顫（ふる）ひそめし日」。そして北原白秋の業績について聞くことになる。巨人は青年の頃、多くの短歌を作っている。敗戦後は二首のみ存在する。講談社発行の『昭和万葉集』に三首収められている。

二〇一三年一一月二〇日、朝日新聞の近藤康太郎記者が取材に来訪。「人生の贈りもの」に大西巨人登場か。一日の取材では終了せず、一二月四日、再度の取材を約して辞去。二九日、発熱と咳がひどく病院へ。診断は誤嚥性肺炎で、入院となる。一二月四日の取材日、巨人は「取材は受けられるよ」と言うが、すぐにでも退院できる様な元気さに、取材日を延期することにする。結局、「人生の贈りもの」に登場することは「まぼろし」に終わった。しかし、目標とした、生きている限り、クリエイティブ・パワーを発揮するという精神は貫いたと思う。快復は難しいと言われた頃、見舞いに行き顔を合わせた途端、

花びらをひろげ疲れしおとろへに牡丹重たく蕚(がく)をはなるる（木下利玄）

と私に言った。牡丹に托して自分の終わりゆく状況を知らせたかったのではなかったか。死とは程遠い若い時代に、巨人は「死んだ者は楽だ、残された者が苦しむ」と言っていたが、まさにその通り。残された身になってしみじみ感じている。

二〇代の頃、巨人に聞いて忘れられない、戦争中の読売新聞投稿歌壇に掲載されていた二首。

盲導犬ひたたよりつつ平田軍曹年たつ村に帰り来ませり

護国の英霊六万五千六百二十九柱ひと息に読みて涙しくだる

この様な不幸な短歌をよむ時が再びあってはならない。日支事変から太平洋戦争、そして敗戦の時代を生きた私は、痛切に思う。

編集者の寺西直裕様の御尽力で『春秋の花』が再び世に送り出された。新しい人々に読んでもらえると信じる。巨人が「はしがき」に〝私の書くものに創意発明は何もあり得ないものの、読者諸氏にいくらかの感興および利益をもたらすことができたら、幸甚。〟と書いている。巨人の生命は無になっても、「意志は強し」の精神は現世に存在している、と信じたい。信じることは、私の生きる支えでもある。

巨人旧知の齋藤秀昭様のおすすめで、思いがけないこの拙文を記すことになった。御助力に深く感謝いたします。

二〇二三年文月

生の高揚へ

解説

城戸朱理

詩というものは、ある共同体において忘れてはならないことを世代を超えて伝えていくために生まれ、それが文字として記録されるようになってから、次第に個人の感興と情緒を表現するものに変わっていった。しかし、それは個人的なものに留まるのではなく、時代の刻印とともにあり、いわば個人において、同時代性を生きる言葉として現れる。そして、詩を読むとは、そのような時代性と向かい合うことにほかならない。しかし、それだけではない。

日本においては、上代に漢詩集『懐風藻』が、さらに『万葉集』が編まれ、平安時代から天皇や上皇の命によって『凌雲集』から始まる勅撰の漢詩集が、さらには『古今集』から始まる勅選和歌集が編纂されてきた。誰かによって選ばれ、一書として成立することで、かつての詩歌が今日まで伝えられてきたわけで、その背後には失われた詩歌もまた夜空の星ほどにはあったことだろう。『万葉集』の編纂者として知られる大伴家持も前半生、十五歳から四十一歳までの和歌が『万葉集』に収録されているだけで、没後、藤原種継暗殺事件の首謀者として官籍から除名され、家財も没収されたため、後半生、二十六年間の和歌は失われた。気が遠くなるような話だが、私が何を言おうとしているかは了解していただけると思う。それは、文学作品のたどる運命の抜き差しならぬ側面なのかも知れない。

明治以降、欧米の詩を移入する形で新体詩が生まれたわけだが、その嚆矢とされる『新体詩抄』の三人の編纂者は文学者ではなかったことに注意しておこう。外山正一は社会学者、矢田部良吉は植物学者、井上哲次郎は哲学者であり、いずれも欧米への留学経験を持つ東京帝国大学教授である。そのことは、『新体詩抄』が文学としてよりも、欧米の先端文化の一端を紹介することに主眼が置かれていたことを物語っている。それに対して、本書『春秋の花』は、徹頭徹尾、ひとりの作家の感覚と思想に貫かれた詞華集として立ち上がる。実のところ、『神聖喜劇』の作家が、ここまで古今の詩歌に幅広く親しんでいたことを知らなかったので、驚嘆した。著者は先人の詞華集を列記し、「「春秋の花」は、それらの驥尾（きび）に付くような仕事であり、そこになんら創意発明はあり得まい」と語っている。そして「「春秋の花」連載開始の辯」において、「筆者は、記憶の中の詩文を言わば「アト・ランダムに」取り出すのであり、特別これを書くための調査・渉猟（しょうりょう）を試みるのではないから、そこにそれゆえの片寄りというか不都合が生じはすまいか、と危惧（きぐ）する」と記している。実は、そこにこそ本書の比類ない価値がある。記憶のなかから呼び起こされた作品は和歌、俳諧、短歌、俳句、詩、さらには随筆や小説にまで及び、しかも人口に膾炙した、いわゆる有名な作品はほとんど見当たらない。それは片寄りというよりも、むしろ著者の美意識と思想を反映したものであり、本書を特長づけるものとなっている。さらにそのことによって、これまでの詞華集の驥尾につくのではなく、新しい詞華集のスタイルを創始するものとも言えるだろう。結論を急ぐのはやめて、本書をひもといてみよう。

たとえば、歌人、中村憲吉が鎌倉の大仏を詠んだ「新芽立つ谷間あさけれ大佛にゆふさりきたる眉間のひかり」という一首を取り上げ、著者は、やはり鎌倉の大仏を詠じた伊藤左千夫の「かまくらの大きほとけは青空をみ笠と著つつよろづ代までに」や与謝野晶子の「鎌倉や御佛なれど釈迦牟尼は美男におはす夏木立かな」の二首を想起して、「両者は、両作者の特色をそれぞれ存分に表わしている」と評価しながらも、中村憲吉の一首をもっとも積極的に評価する。左千夫のスケールの大きさや晶子の現世的な感覚よりも、むしろ夕暮れの一瞬の眉間の光を書きとどめた中村憲吉に永遠の相を感得したのだろうか。このように『春秋の花』においては、ひとつの作品が必ず、別の作品を呼び起こし、大西巨人という作家の文学的遍歴を示すとともに、文学作品における題材や主題の関係性を明らかにしてゆく。

また、全体が春夏秋冬の四部に分けられ、無季のものを挟む形になっているのも興味深い。かつて比較文学者の川本皓嗣は、日本の和歌とは書かれる前に主題が決められている世界でも類を見ない詩歌形式であり、それは、必ずや季節を前にしての作者の詠嘆であることを指摘したが、本書においてもそうした伝統は踏まえられていると言えるだろう。しかし、大西巨人においては季節を前にしての詠嘆が主題となることはない。著者はあくまでも人間の五感という感覚の総体を問題にしており、つねに人間存在のあり様を密かに語ろうとしているのではないかと思わせるところがある。

曹洞宗を開いた道元禅師の「この心あながちに切（せつ）なるもの、とげずと云（い）ふことなき也（なり）」などは、その顕著な例だろう。『正法眼蔵随聞記』の一節だが、著者は仏道とは無縁の人間であるが、心が衰えたときには、この言葉を念じて自分自身を激励し、制作について、さらには人生社会の万般について、この言葉を尊重していることを語っている。切望することは必ずや成し遂げられるという道元の言葉は、事実を語っているのではなく、生きるうえでの姿勢を言うものだが、それは意志の力とその重要性を語るものであり、およそ、それこそが大西巨人の根底にあるものだと言ってよい。

それでは、意志によって成し遂げるべきこととは何なのか。それは柄谷行人の「唯物論とは、言語や関係の外在性＝物質性（マテリアリティ）を認めること、それらを思惟によって内面化しえないものとみなすことにほかならない」（『終焉をめぐって』）という一文に集約される。著者は「むろん掲出断章は間然（かんぜん）するところのない命題であり、人類の今日および明日における中心当為（とうい）の一つは如上命題の実行実現でなければならない。ただ、そのためには有形無形の真正な勇気が決定的に要請せられる」と語っている。マルクス主義を堅持する作家の面目と言うべきだろう。

だが、詩歌を始めとする文学は必ずしも唯物論と相容れるものではない。本書においても、およそ外在化されえない男女の機微をとらえた詩歌がいくつも取り上げられている。山崎宗鑑編による『犬筑波集』の「夫婦ながらや夜を待つらん まことにはまだうちとけぬ中直り」、あるいは日野草城の「春の夜は馴れにし妻も羞ぢにける」。『犬筑波集』については「邪気のないほのぼのとしたエロティシズムが人生の機微をうがっている」と評価しているものの「ただし、私一己は、そういう成り行きを是認しない」という厳しい批判も忘れない。日野草城は句集『昨日の花』（一九三五）に収録されている連作「ミヤコ・ホテル」で新婚旅行を題材として物議をかもしたが、大西巨人にとって、エロスは人間の目をそむけることができない本質として把握されているのだろう。

その意味では斎藤茂吉の「美女は概ね下等であり、閨房に於ても取柄は尠い」という一節を選ぶあたりも面白い。これはエッセイ『森鷗外先生』の断章だというが、今なら炎上しかねない発言である。これに対して、著者は熱心に反論しているのだが、それがまた楽しい。『大東閨語』の紫式部が床上手だったという記述を引いて、作家は「それならば、紫式部の容色は、十人なみかそれ以下かであったろうか。しかし、茂吉は、「概ね」と言ったのであり、少数例外の存在を認めなかったのではない。紫式部を（また一般に

「床上手」の婦人を）ただちに不美女とすることは、早計である」と理路整然、熱く語っている。茂吉の発言は決して証明できるような種類のものではないので、笑って終わりにしてもよさそうなものだが、あえて、この言葉を選んで問題視してみせたところに大西巨人のエロティシズムをめぐる姿勢が表れているように思う。

　本書が詞華集としては珍しく小説の一節を選んで評を加えるところも実にスリリングだ。川端康成については短篇『落葉』の一節を引き、「たしかに川端の文学総体には「呼び止めたくて呼び止められない」「冷たい秋の稲妻のやうな美しさ」はある」と評価しつつも「川端が日本初のノーベル文学賞受賞者となったことは、日本現代流行文学の特定消極的性格とノーベル賞のそれとの双方を露骨に物語る」と決定的な違和感を表明している。いや、違和感ではなく、「流行文学」の否定と取るだろう。

　また三島由紀夫については短篇『真夏の死』の次のような一節を紹介している。「跳ねてゐる魚は、何か烈しい歓喜に酔ひしれてゐるやうに思はれる。朝子は自分の不幸が不当な気がした」。そして大西巨人の三島評は「三島の小説文章は、往往にして非真実であり品低いが、また三島は、時として凡百の作者が着目しない（着目し得ない）人世の瞬間的実相に着目して凡百の作者が書かない（書き得ない）品高い何行かを書いた。三島の作は、もっぱらそこに存在理由を持つ」というもの。小説が社会における人間を、人間の視点で描くものであることを考えるならば、そこには必ずしも品位が高いとは言えない俗事が関わるわけだが、この評も『神聖喜劇』の作家によるものであることを思うと、重く響くものがある。

イタリア、ルネッサンス期を代表するダンテ・アリギエーリによる叙事詩『神曲』も原題は『La Divina Commedia』であり、直訳するならば神聖喜劇となる。ローマ時代の大詩人、ウェルギリウスに導かれてダンテが地獄と煉獄を巡り、さらには理想の女性、ベアトリーチェと天国に至る壮麗な叙事詩だが、中世においては結末がハッピーエンドのものを喜劇と呼び、そうでないものを悲劇としたのだという。人生というものは、さまざまな悲劇的な出来事に彩られているが、同時に喜劇的な側面も持つ。『春秋の花』は、その悲劇と喜劇の大きな振り幅を凝縮したかのようで、言葉の力というものをあらためて確認する思いがした。

それにしても著者の記憶力には怖るべきものがある。詠み人の名前を失念した一句「行く年や遠きゆかりの墓を訪ふ」。この句は「読売新聞」一九三九年十二月某日の「読売俳壇」当選第一席に選ばれたもので、選者は室生犀星。著者は九州福岡市因幡町の県立図書館新聞閲覧室で偶然、読んだのだという。しかも第二席の「ゆく年の夜のあひ傘に日記買ふ」まで覚えているのだから、作家の脳髄は広大な図書館になっているとしか思えない。作者名は忘れて、作品だけが残るのは、文学の理想的なあり方であるのかも知れない。

最後に著者が特別な思いを抱いている歌を二首、紹介しておこう。一首は後醍醐天皇の

「聞きわびぬはつきながつき長き夜の月のよさむにころもうつこゑ」。「作者が激動期の中心人物として積極的に生きただけに、その悲劇的な心状が籠っていて、一首の調べを丈高いものにしている」と作家は語る。この歌を毎年「はつきながつき」、すなわち旧暦八月九月のころには思い出すというが、著者の小学校低学年以来の愛誦歌であるという。鎌倉幕府、さらには足利尊氏との政争に終生を費やし、南北朝という異例の時代を生きた後醍醐天皇に寄せる想いは、マルクス主義者である自分自身の姿も二重映しになっているのかも知れない。

もう一首は西行の「年たけて又こゆべしと思ひきやいのちなりけりさ夜の中山」。著者は「なにしろ、「勝手にしろとでもいう外ない傑作」が、古往今来たまたま存在し、たしかに掲出歌は、そういう作である」と評価さえ放棄した讃嘆を語っている。後鳥羽院の広く知られた西行評、「西行はおもしろくてしかも心も殊に深くあはれなる、ありがたく出できしがたきかたもともにあひかねて見ゆ。生得の歌人と覚ゆ。これによりておぼろげの人の、まねびなどすべき歌にあらず。不可説の上手なり」（『後鳥羽院御口伝』）と同じく、説明できない傑作を前にしたとき、人は沈黙するしかないのかも知れない。言葉を知るということは、沈黙を知ることでもある。そして沈黙と測りあえるほどの言葉と出会うことは生の高揚の瞬間にほかならないのだと思う。まさに、そうした高揚が『春秋の花』にはちりばめられている。

年譜

大西巨人

一九一六年（大正五年）
八月二〇日、父・大西宇治惠、母・須賀野の長男として福岡県福岡市鍛冶町で誕生。姉二人があったが、生後間もなく亡くなったため、実質的には一人息子として育てられる。本名は巨人（のりと）で、父が命名。大西家は戦国時代に土佐を支配した大名・長宗我部家の家臣の子孫を先祖に持ち、祖父・與（あとう）は黒田藩に仕えて、のち寺子屋（明治維新後は私塾）を営んだ。父は九州経済専門学校（現・福岡大学）等に勤める教師で、後年『福岡県神社誌』全三巻の編纂に携わる。

一九一九年（大正八年）　三歳
この頃から、大人向けの本（ルビ付き）を読み始める。

一九二三年（大正一二年）　七歳
四月、福岡男子師範附属尋常小学校に入学。小学校時代に父の勤務先の異動により四回転校。

一九二八年（昭和三年）　一二歳
この年、教師の勧めで、尋常小学五年修了で福岡県福岡中学校を受験。合格はしたが親の同意を得られず、小学校は六年まで通うこととなる。

一九二九年（昭和四年）　一三歳
四月、福岡県小倉中学校に入学。一年間在籍

した後、父の勤務先の異動により福岡県福岡中学校に転校。
一九三三年（昭和八年）一七歳
四月、中学四年修了で福岡高校文科甲類に入学。
一九三六年（昭和一一年）二〇歳
三月、福岡高校を卒業。
一九三七年（昭和一二年）二一歳
四月、九州帝国大学法文学部法科政治専攻に入学。
一九三九年（昭和一四年）二三歳
秋（または冬）、左翼運動に携わったことで大学を追われ、中退。
一九四〇年（昭和一五年）二四歳
五月、「日本短歌」に短歌三首。七月、「日本短歌」に短歌四首。九月、「日本短歌」に短歌二首。一〇月、「日本短歌」に短歌三首。
この年、大阪毎日新聞社西部支社（のち本社）に入社。徴兵検査を終了（第三乙種＝第二補充兵）。
一九四一年（昭和一六年）二五歳
三月、「日本歌人」に短歌九首。四月、「日本歌人」に短歌五首。五月、「日本歌人」に短歌六首。六月、「日本歌人」に短歌三首。七月、「日本歌人」に短歌六首。八月、「日本歌人」に短歌五首。一二月一二日（または13日）、召集令状が届く。
一九四二年（昭和一七年）二六歳
一月一一日、第一次教育召集補充兵として対馬要塞重砲兵聯隊（西部第七十七部隊）に入隊（陸軍二等兵）。部隊一の名砲手といわれたが、典範令「砲兵操典」や「軍隊内務書」に精通することで抵抗の姿勢を貫く。四月九日、第一次教育召集兵への教育が終了し、引き続き臨時召集される。これ以後、主として聯隊本部残置部隊に服務する（第九中隊大崎山砲台に在籍）。七月、陸軍一等兵となる（10日）。

一九四五年（昭和二〇年）二九歳
三月、陸軍上等兵となる（1日）。二五日に父が死去。八月一五日、日本敗戦。当時、第三内務班に所属していたが、敗戦当日は夜にラジオ放送を聴き、空を覆っている雲が切れたような安堵感と同時に悲痛な感じを抱く。九月、一日付で所謂「ポツダム兵長」となる。一〇月、福岡県福岡市友泉亭に復員帰郷。大阪毎日新聞社西部本社に復帰するが、翌年三月に退社。一二月半ばから月刊綜合誌「文化展望」（三帆書房発行）の編集と発行に携わる（48年7月まで）。同誌の「海外展望」欄の記事の選択や翻訳も担当。
一九四六年（昭和二一年）三〇歳
四月、「文化展望」創刊号に「映画への郷愁」、「小説展望　貧困の創作欄」、座談会「青年会議」（宮崎宣久らと）、「文化展望（無題）」、「編輯後記」。これらが文筆公表の開始となった。なお、創刊号から編集部の一員として名を連ねる。五月、「文化展望」に「小説展望（無題）」。七月、「文化展望」に「文芸展望（無題）」。九月、「文化展望」に「文芸展望（無題）」。一〇月、「文化展望」に「文芸展望（無題）」。一一月、新日本文学会に加入。「オレンヂ」創刊号に「いけにへ抄」と題し、短歌五首。「文化展望」に「文芸展望（無題）」、「編輯後記」。この号より編輯人となる（翌年10月号まで）。
一九四七年（昭和二二年）三一歳
一月、「文化展望」に「文芸展望　宮本百合子と小林秀雄」、「編輯後記」。三月、「映画展望」に「作品評　緑のそよ風（M・G・M作品）」。四月、「近代文学」第二次同人となる。「文化展望」に「文芸展望　理想人間像とはなにか」。福田恆存を批判。七月、「文化展望」に「文芸展望　「小説の運命」についての田舎者の考へ」。文壇における「小説の運命」論議を批判。八月、「東京民報」（13

日)に「現代の奴隷感覚」(翌日にも分載)。九月、「午前」に「現代に於けるジョルジュ・ソレルのヴァリエイションについて」。一〇月、「近代文学」に「「芸術護持者」としての芸術冒瀆者」。一一月、「新日本文学」に「わが文学的抱負　歴史の縮図　綜合者として」。一二月、「綜合文化」に「ヒューマニズムの陥穽―「ネオ・ユマニスム」の旗手としての荒正人について」。荒の主張するヒューマニズムを批判。この年、「綜合文化」協会員となる。

一九四八年(昭和二三年)　三二歳

一月、「オレンヂ」に「伝統短歌への訣別」。「思潮」に「二十世紀四十年代の自覚―新しき文学的人間像の問題―」。初めて原稿料を得る。「夕刊九州タイムズ」(21日)に「横光的はったり」。三月、「国土」に「志賀直哉論1　日本私・心境小説に於ける作品中の『私』に対する名誉毀損罪の不成立」、同「附記」。五月、「世界評論」に処女小説「精神の氷点」連載開始(7月まで)。アジア太平洋戦争中に軍隊でその構想を練っていたものが、作品として結実。六月、「夕刊フクニチ」(17日)に「太宰治を偲ぶ」。八月、「綜合文化」に「志賀直哉論　其の三　学習院と渡良瀬川鉱毒事件」。一〇月、日本共産党に入党。樋井川細胞に所属。一一月、柴田美智子と結婚の祝宴。雑誌「午前」編集部に加わる。一二月、「近代文学」に「白日の序曲」。

一九四九年(昭和二四年)　三三歳

一月、「近代文学」に「壺」。二月、「午前」に「編輯後記」。三月、「夕刊九州タイムズ」(3日)に「戦う文学者　中野重治の『国会演説集』について」。「午前」に「文学に於ける『私怨』の問題―志賀直哉論のうち」。志賀直哉論を通して、日本近代文学における事実(生活)と虚構(文芸)との混同を批判。四月、小説集『精神の氷点』刊。五月、「夕刊九州タイムズ」(18日)に「反ばく」。六月、『精神の氷点』出版記念会が開催される(25日)。これが最初で最後の出版記念会となる。「夕刊フクニチ」A版(12日)に「拝まざるの記」。一〇月、「近代文学」に「書かざるの記」。

一九五〇年(昭和二五年) 三四歳

九月、「近代文学」同人を退く。一一月、「新日本文学」に「渡辺慧と石川達三—永久平和革命と『風にそよぐ葦』」。

一九五一年(昭和二六年) 三五歳

五月、「新日本文学」に「運命の賭け—『消えぬ痣』と『第三の道』」。一〇月、九州大学第一分校学生有志によるガリ版印刷雑誌「前夜」創刊号に「兵隊日録抄」。

一九五二年(昭和二七年) 三六歳

三月末、九州から上京し、神田神保町の九州出版株式会社の一室に住む。新日本文学会第六回大会に参加し、そこで初めて武井昭夫と会う。四月、新日本文学会中央委員になる。夏頃、新日本文学会常任書記としての活動を始める(約二年間)。六月、「近代文学」に「みぶん」。「新日本文学」に「大会の感想」。七月、「新日本文学」に「林、河盛について の仁奈真の文章について」。八月、新宿区西大久保の新日本文学会館の一室に転居。一〇月、「新日本文学」に「俗情との結託『三木清に於ける人間研究』と『真空地帯』」。野間宏「真空地帯」を批判し、野間及び宮本顕治と論争になる。一一月、「新日本文学」に「先頭部隊の責任」。一二月、「新日本文学」に「意図とその実現との問題『静かなる山々』批判」。「潮」に「中野重治著『鷗外その側面』」。

一九五三年(昭和二八年) 三七歳

一月、「新日本文学」に「雉子も鳴かずば打たれまい 民科芸術部会のこと、『真空地帯』批判(『俗情との結託』)の二つの反批判

（？）のこと、シャーロック・ホームズ的推のこと、その他」。「潮」に「〝現代滑稽的推理小説〟論『風媒花』および『手段』について」。真の現代滑稽小説とはなり得なかった武田泰淳「風媒花」を批判。四月、「新日本文学」に「たたかいの犠牲」。六月、「新日本文学」に座談会「リアリズム論争」（大岡昇平らと）。七月、新日本文学会常任中央委員になる。「新日本文学」に座談会「同人雑誌における抵抗」（平野謙らと）。八月、「群像」に「平和論争批判　三好十郎の詐術―絶対的平和、ただし実現の意志なし」。九月、「近代文学」に「佐々木基一『リアリズムの探求』」。一一月、「新日本文学」に「三好十郎論」。一二月、「新日本文学」に「中島健蔵編『新しい文学教室』」。

一九五四年（昭和二九年）　三八歳

一月、「新日本文学」に「黄金伝説」。四月、「新日本文学」に「会本来の使命発展のために」。宮本顕治を批判し、論争となる。五月、「新日本文学」に「青血は化して原上の草となるか　会本来の使命発展のために・二」。九月、「新日本文学」に翻訳「スターリン平和賞をうけて」（ハワード・ファスト）。一〇月、「全電通文化」創刊号に「中野重治小論　近作の長篇「むらぎも」について」、「最近の新刊書から」。一一月、「近代文学」に「武田泰淳著『人間・文学・歴史』」。一二月、「全電通文化」に「畔柳二美さんの小説一篇」。「新日本文学」に翻訳「スミス法に問われた詩人　ロウエンフェルスの無罪判決を」（アルバート・マルツ）、「虚偽の主要点」。この年、新宿区大久保の某屋敷の離れに転居。

一九五五年（昭和三〇年）　三九歳

一月、「新日本文学」に座談会「一九五五年の問題」（中野重治らと）。二月、二八日夜中に「神聖喜劇」を起稿。「名砲手伝」という題名のもとに短編小説を構想したが徐々に構想が膨らみ、約二五年の歳月をかけて全八部四七〇〇枚もの大長編小説へと成長する。
「新日本文学」に「なんじら人を審け、審かれんためなり」。三月、「新日本文学」に「K少尉的なもの」。四月、「新日本文学」に翻訳「啄木について」(ヴラスタ・ヒルスカ)。五月、「教育評論」に「『哀しき少年』の問題」。七月、長男・赤人(あかひと)が誕生。先天的に血友病を患っていた。一〇月、「多磨」に「ハンゼン氏病に関する二つの文章について」。一二月、「新日本文学」に「会創立十周年記念のつどい」。

一九五六年(昭和三一年) 四〇歳

二月、「新日本文学」に翻訳「白つばめ」(ヨルダン・ヨヴコフ)。春頃、埼玉県大宮市大成町に転居。五月、「新日本文学」に「栗栖氏訳フチーク出版問題　会本来の使命発展のために・Ⅲ」。六月、「新日本文学」に「『真空地帯』問題　会本来の使命発展のために・Ⅳ」。「多磨」に「藤本松夫公判傍聴記」。八月、「三田文学」に「あさましい世の中」。

一九五七年(昭和三二年) 四一歳

一月、「新日本文学」に座談会「社会時評　ハンガリー問題と文学者」(埴谷雄高、安部公房らと)、「『ある暗影』その他」。二月、「新日本文学」に座談会「社会時評　共産主義と文学―日本共産党批判・新日本文学会批判」(埴谷雄高らと)。三月、「新日本文学」に座談会「社会時評　政治と文学における保守と反動」(鶴見俊輔らと)。四月、「文学」に「平野謙著『政治と文学の間』」。五月、次男・旅人(たびと)が誕生。五日後に死去。七月、「新日本文学」に「ハンゼン氏病問題　その歴史と現実、その文学との関係」(翌月にも分載)。八月、「図書新聞」(24日)に「中野重治の最近の仕事」。一一月、「群像」に「本多秋五著『転向文学論』未来社」。

一九五八年（昭和三三年）四二歳
一月、「新日本文学」編集部担当となる。「群像」に無署名で「長谷川四郎」。「部落」に「新日本文学」七月号「偏見と文学」について」。六月、「図書新聞」（14日）に「理念回復への志向」。七月、「新日本文学」に座談会「詩は誰が理解するか」（小田切秀雄、吉本隆明らと）。八月、「群像」に「書評　アンリ・アレッグ著　長谷川四郎訳「尋問」」。九月、「新日本文学」に「公人にして仮構者の自覚　長谷川四郎作〝通り過ぎる者〟佐藤春夫作〝わんぱく時代〟」。佐藤の「わんぱく時代」を批判すると同時に私小説批判を展開。一〇月、「新日本文学」に「作品の主題と思想　武田泰淳作〝森と湖のまつり〟」。

一九五九年（昭和三四年）四三歳
四月、「教育評論」に「戯曲『運命』の不愉快」。六月、「厚生」に「文学の明るさ、暗さハンセン氏病療養者の文学の近状について」。「日本読書新聞」（8日）に「小林勝著狙撃者の光栄〝でっちあげ〟を描く通俗類型描写との絶縁が必要」。七月、「図書新聞」（11日）に「なんという時代に―ソ連作家大会の報告を読んで」。「新日本文学」に「批評の弾着距離」。八月、「新日本文学」に「批評家諸先生の隠微な劣等感・その他」。「キネマ旬報」（15日）に「フレッド・ジンネマン作品「尼僧物語」描かれた神と人間の良心」。九月、「新日本文学」に「円地文子先生の性的浅知恵・その他」。一〇月、「近代文学」に座談会「戦後文学の批判と確認　第二回　野間宏―その仕事と人間」（小田切秀雄、井上光晴らと。翌月にも分載）。「新日本文学」に「経産婦か否かの触覚による確認は常に可能であるか?　その他」。「キネマ旬報」（1日）に「わらの男　特集批評　ネオ・リアリズムの非革命性」。『佐多稲子作品集』第一四巻「月報」に「この人のこと」。

「早稲田大学新聞」(13日)に「文学の不振を探る 「私小説」の衰弱と人間不在の小説の隆盛とに基因する」。一一月、「新日本文学」に「大江健三郎先生作『われらの時代』の問題・その他」、座談会「芸術運動の新しい方向―批評精神の組織」(安部公房らと)。「図書新聞」(28日)に「谷川雁著 工作者宣言 通読の難儀の値打 大衆の沈黙領域の顕在化」。一二月、「新日本文学」に「同性愛の問題・その他」。「みすず」に「江藤淳著「海賊の唄」」。

一九六〇年(昭和三五年) 四四歳

一月、「アカハタ」日曜版(31日)に「女が階段を上る時」。「キネマ旬報」(1日)に鼎談「サスペンスと風景のフォトジェニイ―「拳銃の報酬」をめぐって」(双葉十三郎、多岐川恭と)。三月、「アカハタ」日曜版(6日)に「ロベレ将軍(イタリア映画)」。四月、「群像」に「斜視的映画論」。「アカハタ」日曜版(24日)に「白い崖(東映)」。「夕刊四国新聞」(29日)に「訴えや主題のない映画」。「図書新聞」(23日)に「執筆者だより」。六月、「アカハタ」日曜版(19日)に「青春残酷物語(松竹)」。七月、「キネマ旬報」(15日)に「『甘い生活』特集批評 現代版「ファウスト伝説」」。八月、吉本隆明らが発起人となった声明「さしあたってこれだけは」に賛同署名(15日)。一〇月、「群像」に「女性作家の生理と文学」。「新日本文学」に「神聖喜劇」を連載開始(70年10月まで95回。未完)。「現代芸術」に「天路歴程」を連載開始(翌年6月まで。未完)。一二月、「現代芸術」に座談会「日本のヌーベル・バーグ」(花田清輝らと)。

一九六一年(昭和三六年) 四五歳

七月、三男・野人(ののひと)が誕生。長男同様、先天的に血友病を患っていた。「日本読書新聞」(31日)に声明「真理と革命のために党再建の第一歩をふみだそう」(22日付。武井昭夫らと)。九月、二日に日本共産党を除名されたことになっているが、そのような事実は一切なかった。しかしその後、事実上の絶縁状態となる。「月刊さんいち」に「党規約第六十三条の問題―日本共産党内の犯則分派について―」。「日本読書新聞」(4日)に声明「革命運動の前進のために再び全党に訴える」(8月18日付。花田清輝らと)。

一九六二年(昭和三七年)　四六歳

一月、「炭労新聞」(1日)に文学コンクール・コント部門「選評」。七月、「図書新聞」(28日)に「著作家の手紙」。

一九六三年(昭和三八年)　四七歳

三月、埼玉県浦和市北浦和町に転居。四月、『中野重治全集』第一八巻「月報」に「中野さんと近江俊郎」。六月、「朝日ジャーナル」(23日)に「習志野　塔のある原」。九月、「映画芸術」に「陸軍残虐物語・是非　日本戦争映画を超えるもの―軍隊読みと「立志」の精神」。一〇月、「朝日ジャーナル」(6日)に「小松　基地と瓦屋根」。

一九六四年(昭和三九年)　四八歳

一〇月、集英社版『新日本文学全集』第一九巻「月報」に「岸流井上光晴」。

一九六七年(昭和四二年)　五一歳

一〇月、「映画芸術」に談話「対馬要塞の大西巨人」。

一九六八年(昭和四三年)　五二歳

一二月、長編小説『神聖喜劇』第一部~第三部(光文社カッパ・ノベルス版)刊行開始(翌年7月まで)。

一九六九年(昭和四四年)　五三歳

一月、「東京新聞」夕刊(18日)にインタビュー「土曜訪問　十三年間の努力実る『神聖喜劇』を書いた大西巨人氏」。「西日本新聞」(24日)にインタビュー「本と人『神聖喜劇』大西巨人」。「サンケイ新聞」夕刊(25

日）にインタビュー「この人に聞く 長編小説「神聖喜劇」の作者 大西巨人氏」。「朝日新聞」（27日）に「インタビュー 厳格主義ゆえの遅筆？ 「神聖喜劇」の作者大西巨人氏」。「中日新聞」（29日）に談話「対馬とわたし 大西巨人 一兵卒として初めて訪れる」。二月、「埼玉新聞」（3日）にインタビュー「著者との対話 「神聖喜劇」一、二部の大西巨人氏」。「新刊展望」にインタビュー「カッパノベルス『神聖喜劇』三部作をめぐって 大西巨人氏にきく」。三月、活動家集団思想運動設立。発足時から会員として参加する。「小説宝石」に「神聖喜劇 第二部」〈運命の章〉の抜粋。画＝片岡真太郎）。四月、NHKラジオ第一「趣味の手帳」に出演し、「わたしの小説作法」と題して放送される（24～25日）。五月、「月刊社会党」にインタビュー「著者訪問 大西巨人氏 神聖なる〝一個独立〟の作家」。七月、「フクニチA」（30日）にインタビュー「この人この本「神聖喜劇」大西巨人氏」。一〇月、批評集『戦争と性と革命』刊。「新日本文学」に「表現の論理性と律動性」。「日本読書新聞」（27日）にインタビュー「著作の背景 「戦争と性と革命」の著者大西巨人氏に聞く 体験と思想の力学」。一一月、「出版ニュース」（21日）に「わが著書を語る 戦争と性と革命」。

この年、埼玉県浦和市上木崎皇山に転居。

一九七〇年（昭和四五年） 五四歳

三月、「朝日新聞」夕刊（19日）に「観念的発想の落し穴」。中村光夫「贋の偶像」を批判し、リアリズム論争となる。四月、「朝日新聞」夕刊（21日）に「「写実と創造」をめぐって 再び中村光夫氏へ」。中村の反論に応える。一一月、「朝日新聞」夕刊（30日）に「凶事ありし室」。三島由紀夫の自害に触れた批判を展開。

一九七一年（昭和四六年） 五五歳

三月、血友病性障害者であった長男の埼玉県立浦和高校入学が不当に拒否される。編著『兵士の物語』（「軍隊内階級対立の問題─編集後記に代えて」を収録〈初出〉）刊。「朝日新聞」（30日）に「血友病の子を持つ親の告発　障害者にも学ぶ権利がある」。五月、「思想運動」（15日）にシンポジウム「教育における身体障害者への差別との闘い」（武井昭夫らと）。六月、「国語通信」に鼎談「「国語」としての戦争体験」（益田勝実・平岡敏夫と）。七月、「婦人公論」に「坂田文部大臣への公開状─障害児のわが息子の学ぶ権利について」。八月、「フクニチA」（17日）にインタビュー「九州の顔　大西巨人」。九月、「群像」に対談「戦争・文学・人間」（大岡昇平と）。一〇月、河出書房新社版『日本文学全集』第四〇巻「月報」に「『レイテ戦記』への道」。「母の友」にインタビュー「大西巨人さんに聞く─「私憤を公憤へ」　身障者は高校にはいれない？」」。一一月、「婦人公論」に「ふたたび文部大臣への公開状」。

一九七二年（昭和四七年）五六歳

二月、新日本文学会を退会。「東京新聞」夕刊（23日）に「風信」。三月、NHK総合テレビ「ドキュメンタリー　閉ざされた校門」に出演し放送される（24日）。八月、NHK教育テレビ「ことばの治療教室」公開放送出演のため長崎に赴く。NHKラジオ第一に出演し、「辺境の復権」と題して放送される（21日）。九月、NHK教育テレビ「ことばの治療教室」に出演し、「「母親とともに」─障害者と教育」と題して放送される（2日）。一〇月、「朝日新聞」（9日）に「近況　来年早々に脱稿」。一二月、「思想運動」（1日）にシンポジウム「中教審路線との闘いを職場から起こそう！　「大西問題を契機として障害者の教育権を実現する会」の闘いとその教訓」（武井昭夫らと）。

一九七三年（昭和四八年）五七歳
二月、「西日本新聞」夕刊（6日）にインタビュー「訪問　大西巨人氏〝神聖喜劇〟終わりたい」。「東京新聞」夕刊（8日）にインタビュー「きのうきょう　大西巨人氏」。三月、長男の不当不法な入学拒否事件に関し、浦和高校校長、埼玉県教育委員会教育長らを公務員職権濫用罪で浦和地方検察庁・検察官に告訴（15日。翌年1月、「嫌疑不十分」により不起訴となる。それ以後、浦和地裁、東京高裁、最高裁に「特別抗告申立」等を行ったが、同年5月上旬、最高裁は「特別抗告棄却」を決定）。「朝日新聞」（16日）に談話「一種の破廉恥罪だ」。四月、「週刊朝日」臨増（30日）に「「私憤」の激動に徹する」。「人権と教育」にインタビュー「事態をこう考える―告訴・告発問題について聞く」。五月、「群像」に「教育差別は犯罪である」。七月、「大西問題を契機として障害者の教育権を実現する会」主催のシンポジウム「法律をわたしたちのものに」にパネラーの一人として参加（21日）。共著『時と無限　大西赤人作品集　大西巨人批評集』刊。「潮」に「教育差別への体験的批判」。「高校の言語教育」に「〝秋冷〟」。「群像」に「作者の責任および文学上の真と嘘」。「市民」に対談「大西赤人問題刑事告訴の意味　教育権の侵害への権力告発」（武井昭夫と）。
一九七四年（昭和四九年）五八歳
一月、「朝日ジャーナル」（4日）に「分断せられた多数者」。「人権と教育」にインタビュー「試練に立つ法治主義―検察庁の結論を乗り越えて」。三月、活動家集団思想運動を退会。以後、組織には一切属さなかった。「人権と教育」にインタビュー「請求棄却に接し、あらためて憲法と教育のおおもとを問う―真の出発点にたった「実現する会」の運動」。四月、「文芸展望」に「無学者のよろこび」。「婦人と暮し」に「高校生時代　道楽仲間の　面汚し」。五月、「人権と教育」にインタビュー「はたして正気の沙汰か—いま、最高裁決定を一読して」。六月、「辺境」に「付審判請求から抗告へ　一九七四年三月下旬現在の大西赤人問題」。八月、「季刊現代史」にインタビュー「軍隊生活と日本社会　内務班のなかにこの社会の投影をみた」。一〇月、「文芸展望」に「奇妙な間狂言」(「神聖喜劇」の一部)。

一九七五年(昭和五〇年)　五九歳

八月、『巨人批評集　文芸における「私怨」』(「面談「大西赤人問題」　今日の過渡的決着」を収録〈初出〉)刊。一一月、「人権と教育」にインタビュー「大西問題と偏見なき精神—山中教師問題、伊藤問題その他にふれて」(翌年1月にも分載)。この年、井上光晴との交わりを絶つ。

一九七六年(昭和五一年)　六〇歳

一月、「社会評論」に「大船越往反　『神聖喜劇』第三部　伝承の章　第四」。三月、「社会評論」に「春宵狂詩曲　『神聖喜劇』第三部　伝承の章　第五」。

一九七七年(昭和五二年)　六一歳

二月、「酒」に「奇遇奇縁」。六月、「朝日新聞」(25日)に「私と言葉」。八月、『「近代文学」創刊のころ』に「二つの書信」。一二月、『斎藤史全歌集』「付録」に「耐えるべき「長命」として」。

一九七八年(昭和五三年)　六二歳

七月、長編小説『神聖喜劇』第一巻・第二巻刊。「週刊読書人」(17日)にインタビュー「本と人と　重層的視点の「批評文学」『神聖喜劇』　大西巨人」。八月、『神聖喜劇』第三巻刊。「東京新聞」(14日)に「いんたびゅー　大長編『神聖喜劇』二十三年目に完結　大西巨人氏」。「サンデー毎日」(20日)にインタビュー「『神聖喜劇』4000枚に打ち込んだ

大西巨人　赤貧の23年」。九月、「夕刊フジ」（5日）に「ぶっくインタビュー　大西巨人氏『神聖喜劇』全4巻」。「信濃毎日新聞」（18日）にインタビュー「「神聖喜劇」を完結した大西巨人氏」。「朝日ジャーナル」（8日）にインタビュー「〝俗情との結託〟を許さず茫々二三年　四千枚の大作『神聖喜劇』閉幕に思う」（聞き手＝千本健一郎）。「週刊時事」（30日）にインタビュー「いま、この人は…　大西巨人氏　四千枚の超大作「神聖喜劇」を完成」。一〇月、「朝日新聞」夕刊（17日）にインタビュー「「時代遅れ」といわれ　大西巨人氏の「神聖喜劇」23年かけなお未完」。「埼玉新聞」（3日）にインタビュー「日本人の精神構造を　大西巨人「神聖喜劇」が完結」。「有鄰」にインタビュー「大西巨人と『神聖喜劇』」。

一九七九年（昭和五四年）　六三歳

一月、「社会評論」にインタビュー「『神聖喜劇』と現代文学」。四月、『昭和万葉集』巻七に「復員兵の悲しみ」と題して短歌三首。六月、『中野重治全集』第二七巻「月報」に「竹田と大塩との関係」。初秋、埼玉県与野市与野に転居。一二月、「神聖喜劇」全八部を脱稿。「朝日新聞」夕刊（22日）にインタビュー「推敲重ね24年、やっと脱稿　大西巨人さんの神聖喜劇」。

一九八〇年（昭和五五年）　六四歳

一月、「西日本新聞」夕刊（7日）に「筆者の言葉」。「西日本新聞」夕刊（14日）に「遼東の豕」を連載開始（3月22日まで）。「朝日ジャーナル」（4日）に「二つの体制における「特定の条件」抄」。四月、『神聖喜劇』第四巻・第五巻刊。初期の仕事が終了する。五月、「毎日新聞」夕刊（10日）に「「遅きが手ぎはにはあらず」「神聖喜劇」を完結して」。「社会評論」に「井蛙雑筆」を連載開始（11月まで）。「新刊展望」に談話「『神聖喜劇』

全5巻完結の大西巨人氏」。六月、「図書新聞」（7日）に対談「小説の方法について『神聖喜劇』たたかいの論理」（塩見鮮一郎と）。「読売新聞」夕刊（18日）にインタビュー「顔　大西巨人　なお書く神聖楽天家」。「サンデー毎日」（1日）に談話「大西巨人『神聖喜劇』25年ぶりに完結　四千七百枚これもまた〝労作〟前代未聞の正誤表」。「月刊健康」に「哀果作一首」。「月刊武州路」に対談「3ヵ月間に賭けた25年」（角田吉博と）。七月、文学会館で開催された新日本文学会主催「連続講座『神聖喜劇』を読む」第五回に出席し講演（19日）。「日本経済新聞」（8日）にインタビュー「人　仕事　大西巨人氏」。「新刊ニュース」に「私の近況」。「朝日新聞」（28日）に談話「人物拝見　大西巨人氏」。八月、「思想運動」（15日）に「原則をかかげ、より大衆的に」。「西部朝日新聞」夕刊（9日）に「鶏知川の橋」。「毎日新聞」夕刊（11日）に対談「8・15　変貌する「戦後」を問う」（大岡昇平と。翌日にも分載）。九月、『昭和万葉集』巻一「月報」に「短歌との因縁」。「新日本文学」が「『神聖喜劇』の世界」を特集。同誌に「『神聖喜劇』を書き終えて―全五巻刊行後約三カ月の日に」。土屋隆夫『盲目の鴉』のカバーに推薦文「期待作完成」。一一月、谷崎潤一郎賞の候補になることを辞退。「月刊武州路」に「妻」。「群像」に「谷崎潤一郎のこと」。「同時代批評」にインタビュー「大西巨人氏にきく『徒労のような格闘』を」（聞き手＝高橋敏夫・岡庭昇）。「毎日新聞」夕刊（22日）に「指定疾患医療給付と谷崎賞」。一二月、批評集『巨人雑筆』刊。「週刊読書人」（22日）に「私の一九八〇年」。「すばる」が「大西巨人の世界」を特集。同誌に対談「〝大小説〟の条件―『神聖喜劇』をめぐって」（吉本隆明と）。『現代短歌全集』第一巻「月報」に「有名ならざる歌人たち」」。
一九八一年（昭和五六年） 六五歳
一月、「社会評論」に「田夫筆録」を連載開始（10月まで）。四月、編著『日本掌編小説秀作選』Ⅰ・Ⅱ（「解説」として「短篇小説の復権　上下両巻について」を収録〈初出〉）刊。「すばる」に「私の一篇「女客」泉鏡花　鏡花の女」。「日本経済新聞」（28日）に「本との出会い　江馬細香著　湘夢遺稿」。五月、「週刊読書人」（11日）に「読書日録「いつはりも似つきてぞする」『神聖喜劇』に関する「赤旗」のタワゴト」。同紙（18日）に「読書日録　何物かを希求する魂宮内勝典「グリニッジの光りを離れて」」。同紙（25日）に「読書日録　すこぶる啓蒙的・教育的　クセジュ文庫「ラテンアメリカ文学史」」。『定本　与謝野晶子全集』第六巻「月報」に「晶子について二、三の断想」。六月、「本」に「対馬の上馬・下馬」。「短歌現代」に「近代短歌の胚胎　大隈言道のこと」。「東京新聞」夕刊（23日）に「与野市与野（埼玉県）」。「聖教新聞」（24日）に「『神聖喜劇』後の二つの仕事」。七月、「同時代批評」に「一枚の写真から　文化展望のころ」。八月、「東京新聞」夕刊（11日）に「戦争と私　作品の背景　神聖喜劇」。九月、「朝日新聞」（9日）に「浮かばれぬ戦争犠牲者靖国集団参拝、仮借なくえぐれ」。一〇月、「朝日新聞」（21日）に「ソウル五輪と国共合作案と　人類にとってどちらが重要か」。一二月、「朝日新聞」（9日）に「見識を問われる大見出し　アフガン体制への先入主反映か」。
一九八二年（昭和五七年） 六六歳
一月、文春文庫版『神聖喜劇』全五巻刊行開始（5月まで）。「朝日新聞」（13日）に「プライバシー尊重を　現実と仮構の混同克服を切望」。「文芸」に「「美しくない女主人公」?・」。「同時代批評」に「一枚の写真から筑豊炭田の小さな町にて」。二月、「朝日新聞」(24日)に「対象と苦しみをともにセ批評的記事の絶滅を願って」。三月、「文芸」に「「あくせくした道」のこと」。三月、「文芸」に「カイザーリングのこと」。「国文学」に「井上ひさしと〈物語り〉「有情滑稽」の問題」。「墨」に「圧殺された大正デモクラシー」。四月、「文芸」に「作家と作中の人物・情景」。五月、「文芸」に「「フィクション」のこと」。六月、「文芸」に「「政治屋」的な状況把握」。「同時代批評」に「一枚の写真から　亦楽斎」。七月、「文芸」に「編集者の心得」。八月、長男・赤人が結婚。「文芸」に「「資本主義の走狗」」。九月、初旬に初期胃癌で東京警察病院に入院し、開腹手術を受ける(入院一ヵ月)。『大西巨人文藝論叢(上巻)俗情との結託』(「戦争と私　作品の背景　追記」「面談　長篇小説『神聖喜劇』についての」を収録〈初出〉)刊。「文芸」に「『ながい旅』読後」。「俳句」臨増「杉田久女読本」に「「秋冷」の語感」。一〇月、「文芸」に「『羊をめぐる冒険』読後」。一一月、「文芸」に「わが不行き届き・その他」。一二月、「文芸」に「「応召」という語のこと補説」。

一九八三年(昭和五八年)六七歳

一月、「毎日新聞」(26日)に「癌で腹を裂いたぐらいで…「中期の仕事」がおれにはある」。二月、「週刊文春」(10日)に「私の好きなジョーク」。四月、「思想運動」会員らが企画した「神聖喜劇」を語り合う会に武井昭夫と共に出席し談話(10日)。五月、『吉本隆明対談集　素人の時代』に対談「素人の時代」(吉本隆明と)。六月、『パリ燃ゆ(六)』(大仏次郎ノンフィクション文庫6)に「解説」。「野性時代」に「宴にかえて」。八月、「野性時代」に「なくてぞ人は―花田清輝様」。「朝日ジャーナル」(5日)に「恥を恥と思わぬ恥の上塗り」」。同誌（12日）に「今も昔も栄える不見識」。同誌（26日）に「草田男の訃報に思うこと」。「同時代批評」に「一枚の写真から　新日本文学会　第十一回大会」。九月、「野性時代」に「模糊たる太陽―三島由紀夫様」。「文学」に「粟田女王の短歌一首をめぐって」。一〇月、「思想運動」（1日）に「わが意を得た『思想運動』」。「野性時代」に「「夭折」について抄」。

一九八四年（昭和五九年）六八歳

五月、『会津八一全集』第一二巻「月報」に「斑鳩小景」。六月、「朝日新聞」（11日）に「奇妙な名前の話「巨人」という名、もう一人」。「毎日新聞」夕刊（16日）にインタビュー「革命運動の道義を追求　長編『天路の奈落』を発表の大西巨人氏」。七月、「群像」に「天路の奈落」。一〇月、長編小説『天路の奈落』刊。「群像」に「ラスト・シーン」。「朝日ジャーナル」（12日）に座談会「現代史をつかみとる難しさ　「南京事件」「東京裁判」を軸に」（本多勝一らと）。一一月、「群像」に「空中の鶴」。「思想運動」（15日）に「書評―『映画批評の冒険』（木下昌明著）　学芸の士の栄光（および悲惨）」。一二月、「日本読書新聞」（10日）に「日録」。同紙（17日）に「日録」。「群像」に「勧善懲悪作品待望」。この年、孫・一穂（いちほ）が誕生。

一九八五年（昭和六〇年）六九歳

一月、「社会評論」にインタビュー「文学創造の根本精神　『天路の奈落』とその批評をめぐって」。二月、「同和教育」に「意識および無意識の打破」。五月、『大西巨人文藝論叢（下巻）観念的発想の陥穽』（「「応召」という語のこと再補説」「『ながい旅』読後　附録〔二〕」を収録〈初出〉）刊。『宮内寒弥小説集成』「付録」に「関所のない人生」。「潮」に「現代のベートーヴェン」。八月、「群像」に「解放と克己との兼ね合い」。磯田光一と論争になる。九月、「週刊読書人」（2日）にインタビュー「現代文学の〈創作工房〉⑰大西巨人」。一〇月、批評集『運命の賭け』刊。「朝日新聞」夕刊（15日）に「変わり身早い世に「目先利かぬ」にこだわる」。一一月、「群像」に「私の反省」。「青年心理」に「積極的関心、格闘意識のこと」。「同時代批評」に「志貴皇子の短歌一首をめぐって」。

一九八六年（昭和六一年）七〇歳

一月、「社会評論」に「地獄変相奏鳴曲」を連載開始（88年1月まで）。「朝日ジャーナル」（3日）に「巨人の未来風考察」を連載開始（12月26日まで）。三月、「朝日新聞」（2日）に「大西巨人さんと石の花をみるモネかルノアールのように40年後の今日も優美な色彩」。「社会啓発情報」に「真の「出会い」に」。四月、「自然と健康」に「ズームアップ・まいへるす　大西巨人氏」。七月、「思想運動」（1日）にインタビュー「作家・大西巨人氏　前進座映画の魅力を語る」。一一月、批評集『遼東の豕』刊。「読売新聞」夕刊（4日）に「万葉と機智」を連載開始（25日まで）。「現代」に「俳句と持参金と」。

一九八七年（昭和六二年）七一歳

一月、「群像」に「措辞体物の精」。二月、「群像」に「マガリ」。三月、批評集『巨人の未来風考察』刊。「群像」に「ヒンズ」。四月、「罌粟通信」に「敬意と期待と」。五月、『人権ブックレット3　人権からみた日本国憲法』に「〝不思議な一人物〟」。「現代詩手帖」に「〈明確な理由〉のある死と〈理由のない〉死」。「神戸新聞」（2日）に「私の憲法改定および擁護論」。「朝日新聞」夕刊（19日）に「「エイズ法案」の不条理」。七月、「太陽」に「別離の哀愁」。八月、「群像」に「娃重島情死行　あるいは閉幕の思想」。一〇月、東中野・新日本文学会館で開かれた新日本文学会主催「作家との午後」に第一回のゲストとして出席し座談（3日）。「群像」に「私の義憤」。「思想運動」（1日）に「正誤一つ」。一二月、光文社文庫版『日本掌編小説秀作選』上・下（下巻に「現代口語体における名詞（体言）止め　編者おく書きに代えて」を収録〈初出〉）刊。

一九八八年（昭和六三年）七二歳

一月、「思想運動」（1日）に「たわいない話し」。三月、「信濃毎日新聞」（21日）に「『日本の武士道』　藤直幹著　創元社」。四月、連環体長編小説『地獄変相奏鳴曲』刊。同書「附録」に「『地獄変相奏鳴曲』の成り立ち」。「新日本文学」に「清算および出直し」。五月、「群像」に「三つの作品」。「西域」に「原口作「神婚」をめぐって」。七月、「文学時標」に「批評の悪無限を排すー「周到篤実な吟味の上での取り入れ」」。「社会評論」に「《面談》『地獄変相奏鳴曲』をめぐって」。「新刊ニュース」に「近況」。八月、「朝日ジャーナル」（5日）に「部落解放を「国民的課題」にする一つの有力有効不可欠な道」。「THIS IS」に「私が出会った本」。一〇月、「季刊思潮」に「断章三つ」。一一月、「社会評論」に「直喩のことなど」。一二月、「図書」臨増に「島国人のさかしら」。

一九八九年（昭和六四・平成元年）七三歳

一月、「朝日ジャーナル」臨増（25日）に「わたしの天皇感覚」。「社会評論」に「短篇小説二つ　凡夫　紙袋」。二月、「思想運動」（1日）に「士族の株」。春、埼玉県与野市（現・さいたま市中央区）円阿弥に転居。三月、「朝日ジャーナル」（17日）にインタビュー「「文化人」の変節現象を大西巨人氏に聴く」（聞き手＝本多勝一。翌週にも分載）。四月、「趣味の水墨画」創刊号に「モノクロームの美」。五月、「社会評論」に「短篇小説　年齢奇譚」。七月、「群像」に「社会主義という怪物」。八月、「文学時標」に「古い記憶の

水鏡　短歌一首、詩二編について」。「北海道新聞」(14日)に「木下順二対話集　人間・歴史・運命　「初心」改めて痛感」。「社会評論」に「『鬼の木』のことなど」。九月、立教大学文学部主催による公開シンポジウム「いま戦争責任をどう考えるか」に出席し、ディスカッションに参加(22日)。一〇月、「思想運動」(1日)に「「勝てば官軍」か」。

一九九〇年(平成二年)　七四歳

一月、「群像」に「鼻」。二月、「群像」に「爪」。三月、「群像」に「踝」。四月、「季刊思潮」に「断想」。六月、「朝日ジャーナル」臨増(20日)に「わたしの社会主義感覚」。七月、「EQ」に「三位一体の神話」を連載開始(92年3月まで)。「朝日新聞」(22日)に「自作再見　神聖喜劇　紙幅の制約で不可能な25年かけた作品の説明」。「相鉄瓦版」に「夏休みと私との特殊な関係」。八月、「朝日新聞」(13日)に「ヴォー・イスト・キョジン?」。九月、「産経新聞」(27日)に「意志―私のガン体験」を連載開始(翌年1月24日まで)。

一九九一年(平成三年)　七五歳

四月、「すばる」に対談「畏怖あるいは倫理の普遍性」(柄谷行人と)。「群像」に「四十年後の今日」。六月、「数学セミナー」に「数学と文学とのかかわりについて一言」。一〇月、ちくま文庫版『神聖喜劇』全五巻刊行開始(翌年3月まで)。一二月、『江戸詩人選集』第九巻「月報」に「日本漢詩について断章三つ」。

一九九二年(平成四年)　七六歳

一月、廣済堂文庫版『吉本隆明歳時記』に「解説に代え断章五つ」。三月、「群像」に「縹富士　一九九二年一月」。四月、「文庫のぶんこ」に「三位一体の神話　大西巨人『卓抜な文学作品としての推理小説』」。「思想運動」(1日)に「広告」。六月、長編総合小説『三位一体の神話』上・下刊。大正大学で開かれた昭和文学会春季大会「大西巨人のことばと身体」に出席し、「大西巨人のディスクール」と題して座談（6日）。「群像」に「底付き　一九三一年九月」。八月、「週刊プレイボーイ」（18日）にインタビュー「人生そのものが謎!?　巨匠作家が描く絢爛たるミステリー　大西巨人『三位一体の神話』上下光文社」。「部落解放」に「自家広告」。九月、「群像」に「老母草　一九八一年四月」。「すばる」にインタビュー「今月のひと　大西巨人」（聞き手・構成＝高橋敏夫）。一〇月、「群像」に「半可通の知ったかぶり」。一二月、「群像」に「同窓会　一九四六年五月」。「社会評論」にインタビュー「『三位一体の神話』と文学の問題」。

一九九三年（平成五年）　七七歳

一月、「群像」に「仮構の独立小宇宙」。「思想運動」（1日）に「巨根伝説のことなど」。二月、「群像」に「連絡船　一九四一年十二月」（翌月にも分載）。三月、カッパ・ノベルス版『三位一体の神話』上・下刊。「ＥＱ」に「「作家の index」事件」。五月、「思想運動」（1日）に「「いとこおじ」のこと」。「群像」に「立冬紀　一九三七年七月」。七月、「月刊金曜日」に「三説　俗情との結託『フレンチドレッシング』と『女ざかり』」。「ＥＱ」に「「作家の index」事件　その二」。「群像」に「エイズ　一九八七年十月」（翌月にも分載）。八月、「思想運動」（1・15日）に「おもいちがい」。「月刊金曜日」に「春秋の花01」。九月、「月刊金曜日」に「春秋の花02」。一〇月、「群像」に「牛返せ　一九四九年十一月」。「月刊金曜日」に「春秋の花03」。一一月、「週刊金曜日」創刊号（5日）に「「春秋の花」連載開始の弁」及び「春秋の花」を連載開始（95年11月24日まで）。影山和子著『なまけものの読書　100冊の本の著者100人とのインタビュー』に談話「反骨と俗情の迷宮」。一二月、「海燕」に「現代転向の一事例」。「群像」に「胃がん　一九八二年六月」。

一九九四年（平成六年）七八歳

一月、「ノーサイド」に「道遠し」。「EQ」に「迷宮」を連載開始（翌年3月まで）。二月、「群像」に「雪の日　一九八四年二月」。「思想運動」（15日）に「三冊の作品集」。三月、「海燕」に「小田切秀雄の虚言症」。四月、「群像」に「方言考　一九五六年三月」。六月、「思想運動」（1日）に「一路」。「群像」に「五里霧　一九九〇年八月」。九月、日本近代文学館「館報」に「蔵書の中から断章二つ」。一〇月、小説集『五里霧』刊。「季刊　午前」に「寛仁大度の人」。

一九九五年（平成七年）七九歳

一月、「思想運動」（1・15日）に「〈嘘〉あるいは〈嘘つき〉のこと」。二月、『本多秋五全集』第四巻「月報」に「不肖の「年少者」として」。『漱石全集』第一三巻「月報」に「「注解のこと」」。四月、「群像」に「「俗情」のこと」。「図書新聞」（29日）に「大西巨人インタビュー　日本イメージ批判③」。五月、長編小説『迷宮』刊。中期前半の仕事が終了する。六月、NHK教育テレビ「ETV特集シリーズ「〝レイテ戦記〟を読む」（3）―〝世界戦争〟をいかに書くか」に出演し放送される（21日）。「文庫のぶんこ」に「血気」。七月、『大岡昇平全集』第一〇巻「月報」に「四度の面会」。「情況」にインタビュー「「言語の自由」をめぐる闘争」（聞き手＝絓秀実）。「思想運動」（15日）に「解嘲」。八月、「文庫のぶんこ」に対談「推理小説の楽しさ」（土屋隆夫と）。九月、「群像」に対談「戦後文学の有効性を問う」（川村湊と）。一二月、「週刊金曜日」（1日）に「「春秋の花」連載終結の弁ならびに垣間みえる文芸的危機」。
一九九六年（平成八年）　八〇歳
四月、編著『春秋の花』刊。「西日本新聞」（14日）にインタビュー「『春秋の花』を出版した大西巨人さん」。『ブロンテ全集』第七巻「月報」に「『嵐が丘』に関する五つの断想」。五月、「群像」に「文学上の基本的要請」。八月、批評集『大西巨人文選1　新生1946-1956』刊（巻末に柄谷行人との対談「虚無に向きあう精神」〈初出〉）。同書「月報」に「短篇小説『真珠』のこと　付けたり・ある意見書」。批評集『大西巨人文選4　遼遠　1986-1996』刊（「告訴について」〈初出〉。巻末に鎌田慧との対談「個の自立について」〈初出〉）。同書「月報」に「記憶力過信　付けたり・二つの便り」。「一冊の本」に「一犬、実に吠える」。九月、「中日新聞」（1日）に「20世紀の名著　私の三冊」を連載開始（15日まで）。取り挙げられた本は、トーマス・マン『魔の山』、斎藤史『魚歌』、ガルシア・マルケス『予告された殺人の記録』。一〇月、「群像」に「老いてますますさかん」。一一月、批評集『大西巨人文選2　途上　1957-1974』刊（巻末に武藤康史との対談「共産党との関わり・その他」〈初出〉）。同書「月報」に「〈嘘（非事実ないし非真実）〉をめぐって」。一二月、批評集『大西巨人文選3　錯節　1977-1985』刊（巻末に花崎皋平との対談「倫理の根拠をめぐって」〈初出〉）。同書「月報」に「中篇小説『精神の氷点』のこと」。この年、ワープロを使用し始める。
一九九七年（平成九年）　八一歳
一月、「思想運動」（1・15日）に「峯雪栄哀悼」。三月、「みすず」に「コンプレックス脱却の当為　直接具体的には詩篇『雨の降る品川駅』のこと一般表象的には文芸・文化・人生・社会のこと」（翌月にも分載）。五月、

『中野重治全集』第二四巻「月報」に「仆れるまでは」。七月、「西日本新聞」(21日)にインタビュー「私の九州論　大西巨人さん反権力の立場を貫き続け」。八月、本郷文化フォーラム連続講座・第三期『大西巨人―その文学と思想』第五回「大西巨人氏に聞く」に出席し座談(22日)。一〇月、「群像」に「年寄りの冷や水」。

一九九八年(平成一〇年)　八二歳

一月、「群像」に「方向音痴」。二月、「群像」に「碑、賞などのこと」。三月、「群像」に「干珠・満珠の島」。五月、『現代思想の冒険者たち』第六巻「月報」に「凡夫の慨嘆」。七月、「群像」に「現代百鬼夜行の図」。一二月、「思想運動」(1日)に「『十五年間』のこと」。

一九九九年(平成一一年)　八三歳

一月、「思想運動」(1・15日)に「「摘発」の劇を描け」。二月、「HOTERES」(5日)に「博多東急ホテルのこと」。三月、光文社文庫版『春秋の花』刊。「みすず」に「あるレトリック」。加藤典洋を批判。一二月、「グラフィケーション」に「知的な甘え所」。

二〇〇〇年(平成一二年)　八四歳

一月、「群像」に対談「資本・国家・倫理」(柄谷行人と)。「批評空間」に「共同インタヴュー　大西巨人に聞く　小説と「この人を見よ」」(聞き手＝渡部直己・絓秀実)。二月、光文社文庫版『迷宮』刊。「産経新聞」(6日)に「斜断機へ」。「国語教室」に「「短切」という語のこと」。四月、本郷文化フォーラム・ワーカーズスクール開講を記念して「言論・表現公表者の責任」と題し武井昭夫と座談(22日)。「社会評論」に「短篇小説悲しきいのち」。五月、清水寺本尊開帳記念事業の一環として開催された講話シリーズ『『言』―こころ語り』第五回で絓秀実と対談(13日)。「DENTAL DIAMOND」に「谷崎潤一郎の『初昔』。六月、ホームページ「巨人館」開設（運営＝鈴木康之・大西赤人）。七月、「本とコンピュータ」に座談会「本を読むにも気力と体力がいるぞ」（徳永康元らと）。「社会評論」に対談「言論・表現公表者の責任」（武井昭夫と）。八月、短編小説集『二十一世紀前夜祭』刊。「朝日新聞」（27日）にインタビュー「著者に会いたい　『二十一世紀前夜祭』大西巨人さん」。一〇月、本郷文化フォーラムで開催されたHOWS特別企画「大西巨人著『二十一世紀前夜祭』を読む」に参加（25日）。

二〇〇一年（平成一三年）　八五歳

一月、新版『精神の氷点』刊。HP「巨人館」に「深淵」を連載開始（03年11月まで）。「群像」に「かへるで」。「思想運動」（1・15日）に「ある悲喜劇」。二月、「朝日新聞」（4日）に「いつもそばに、本が」を連載開始（18日まで）。「群像」に「邪道」。三月、「群像」に「禁句」。四月、本郷文化フォーラム開催のHOWS土曜文化学校「「戦争・性・革命─21世紀と文学の未来を語る」─大西巨人氏を囲んで」に出席し座談（21日）。一〇月、明治学院大学で開催された中野重治の会主催「中野重治生誕九十九年記念講演会」で「『雨の降る品川駅』、戦争と日本人の歴史認識」と題し、インタビューに応える（13日）。

二〇〇二年（平成一四年）　八六歳

一月、「批評空間」に「二十一世紀初頭の中心課題」。二月、「唯物論研究」に「「はたを露骨に刺激する類の病的潔癖」について」。五月、「朝日新聞」夕刊（28日）にインタビュー「長編をネットで連載　「書き続ける」志かたく」。「早稲田文学」が「大西巨人を読む」を小特集。同誌に「深淵　第一章～第四章」。七月、光文社文庫版『神聖喜劇』全五巻刊行開始（11月まで）。八月、「週刊読書人」（2日）に「二律背反」を抱えて精進する『神聖喜劇』の「今日的意義」」。九月、「文芸春秋」に「長篇小説のネット連載」。一一月、「週刊読書人」（8日）にインタビュー『神聖喜劇』再説　光文社文庫版の刊行を機に」（聞き手＝渡部直己）。

二〇〇三年（平成一五年）八七歳

一月、「本の花束」にインタビュー「作家大西巨人さんに聞く『神聖喜劇』の世界」（聞き手＝武井昭夫）。二月、「思想運動」（1日）に「D-ハメット作『血の収穫』のこと」。四月、「重力02」に「「往復書簡」のことなど」。五月、「週刊読書人」（16日）にインタビュー「大西巨人氏に聞く」を連載開始（聞き手＝鎌田哲哉。翌年9月3日まで）。七月、光文社文庫版『三位一体の神話』上・下刊。「CHAI」に「春秋の花」を連載開始（12月まで）。一〇月、川村杳平の句集『羽音』に帯文と「『羽音』刊行によせて」。

二〇〇四年（平成一六年）八八歳

一月、長編小説『深淵』上・下刊。中期後半の仕事が終了する。「社会評論」に「《面談》新作長篇『深淵』をめぐって」（聞き手＝山口直孝）。二月、「文芸別冊　吉本隆明　詩人思想家の新たな全貌」に「歳末断想」。三月、二二年ぶりに福岡を訪れる。福岡市文学館で開催された「大西巨人さんを囲む卓話会」に出席し、座談（6日）。「読売新聞」夕刊（9日）にインタビュー「大西巨人さん9年ぶり長編「深淵」真実求める信念貫く」。本郷文化フォーラム開催のHOWS連続講座「文学・大西巨人『神聖喜劇』を読む」最終回に出席し、座談（20日）。「私小説研究」にインタビュー「私小説は小説か文学か」。「小説トリッパー」に「「芸術犯」阿部和重─長篇小説『シンセミア』をめぐって」。四月、「小説宝石」にインタビュー「亀和田武の著者に会ってきました　大西巨人」。「現代思想」臨増「総特集　マルクス」に「早春断想」。「埼玉新聞」（22日）に談話「私のふるさと　福岡　九州の風土、「骨太」の原点」。五月、近畿大学国際人文科学研究所主催「総合文化講座　21世紀の問題とその現場」において、公開対話「現代小説の現場・『深淵』をめぐって」（22日。絓秀実と）。「新刊ニュース」に特別ロングインタビュー「巨人、未だ前途は遼遠　大西巨人さん新作『深淵』を語る」（聞き手＝鈴木健次）。六月、復刻版『午前　解説・回想・総目次・索引』にインタビュー「第一次『午前』と私」。復刻版『文化展望　解説・総目次・索引』にインタビュー「几帳面な無頼派作家」（聞き手＝狩野啓子）。「東京新聞」夕刊（19日）にインタビュー「土曜訪問　「神聖喜劇」から「深淵」へ　現代社会で理想主義者はどう生きるか」。七月、NHK衛星第二テレビ「週刊ブックレビュー　特集大西巨人　長編大作『深淵』を語る」に出演し、放送される（4日）。九月、HP「巨人館」に「縮図・インコ道理教」を連載開始（翌年3月2日まで）。一〇月下旬、三男・野人が死去。一二月、『シナリオ　神聖喜劇』（原作＝大西巨人、脚本＝荒井晴彦）刊。

二〇〇五年（平成一七年）八九歳

一月、講談社文芸文庫版『五里霧』刊（巻末に「著者から読者へ　牛歩の辯」〈初出〉）。三月、新宿区袋町の日本出版クラブ会館で開催された「新日本文学会六十年・解散記念講演とパーティー」で「『神聖喜劇』と『新日本文学』」と題し、座談（6日、鎌田慧・小沢信男らと）。「朝日新聞」（16日）に談話「大西巨人」。四月、新宿区新宿のバー「風花」で開催された第15回「朗読会」で『神聖喜劇』の一部を朗読（16日。古井由吉・角田光代と）。朗読をするのは小中学校以来であった。この場で初めて阿部和重・古井由吉・

坪内祐三らと対面。「社会評論」に対談「二一世紀の革命と非暴力―新作『縮図・インコ道理教』をめぐって」（武井昭夫と）。五月、「早稲田文学」に「奇妙な入試情景」を連載開始（翌年3月まで）。八月、中編小説『縮図・インコ道理教』刊。これが晩期前半の最初の仕事となる。「北海道新聞」（28日）に談話「縮図・インコ道理教を書いた、大西巨人さん―訪問」。九月、HOWS連続講座「大西巨人―戦争・革命・非暴力」最終回「歴史の偽造といかに闘うか―大西巨人さんを迎えて」に出席し、座談（10日）。「at」創刊号に「春秋の花」を連載開始（翌年12月まで）。一二月、「at」に特別対話「文学の「本道」を行く」（高橋源一郎と）。

二〇〇六年（平成一八年）　九〇歳

一月、「思想運動」（1・15日）に「中篇小説『縮図・インコ道理教』について」。二月、「日本経済新聞」（18日）にインタビュー「大西巨人が大長編構想　戦争の時代、改めて問う」。新作長編「世紀送迎篇」全八部（第一部「黄昏を行く人々」、第八部「黄昏再び」、第二～七部はタイトル未定）について語る。三月、「明治大学文学部紀要　文芸研究」に対談「おもしろくてためになる小説の話―世界文学への扉」（立野正裕と）。「ANGELUS NOVUS」にインタビュー「大西巨人氏に聞く―「文学の可能性」」。五月、漫画『神聖喜劇』全六巻刊行開始（原作＝大西巨人、漫画＝のぞゑのぶひさ、企画・脚色＝岩田和博。翌年1月まで）。同書巻末に語り下ろしエッセイ「要塞の日々」を連載収録（まとめ＝大西赤人）。HOWS「日本国憲法と共和制―人民主権の貫徹と天皇制廃棄の思想をつくる」に参加し、座談（13日。山口正紀・武井昭夫と）。「国文学」にインタビュー「大西巨人氏に聞く―『神聖喜劇』と現在」。「財界展望」に「「責任阻却」の論理」。「早稲田文学」に「恥を知る者は、強い」。六月、「西日本新聞」(17日)に談話「漫画化に寄せて」。「京都新聞」(29日)に談話「「神聖喜劇」漫画に 10年かけ、刊行始まる 原作の大西巨人氏も感嘆」。七月、「ダ・ヴィンチ」にインタビュー「原作者 大西巨人」。「社会評論」に「日本国憲法と共和制―HOWS第七期開講講座における座談」(山口正紀・武井昭夫と)。一〇月、「読売新聞」(24日)にインタビュー「ふるさと 福岡市 「やり抜く」気質 今も」。

二〇〇七年(平成一九年)九一歳

一月、「社会評論」に対談「「精神のたたかい」をめぐって―大西巨人氏との対話・抄」(立野正裕と)。三月、インタビュー集『未完結の問い』刊(聞き手=鎌田哲哉)。四月、「週刊朝日」(6日)に「亡母と戯曲『風浪』とのこと」。五月、漫画『神聖喜劇』の原作者として日本漫画家協会賞大賞を受賞(11日)。生まれて初めて賞をもらう。「社会評論」が「大西巨人作品を読む」を特集。六月、立野正裕著『精神のたたかい 非暴力主義の思想と文学』に対談「徹底的非暴力主義を目ざして―大西巨人氏との対話」(立野正裕と)。八月、小説集『地獄篇三部作』刊。約60年ぶりに、未発表小説の全貌が明らかとなる。「世界」に「二大重罪〈歴史の偽造〉」。「社会評論」に「流れに抗して」。「週刊金曜日」(10日)にインタビュー「大西巨人に聞く『神聖喜劇』をめぐって」(聞き手=佐高信)。一〇月、「ダ・ヴィンチ」にインタビュー「『地獄篇三部作』大西巨人 当時の現象は消えても現象の本質は今も在る」。一一月、光文社文庫版『深淵』上・下刊。「思想運動」(1日)に「『地獄篇三部作』刊行記念・大西巨人インタヴュー 六〇年を経て甦る〝未発表小説〟の衝撃」(聞き手=山口直孝)。「こぺる」に対談「部落問題、そして『神聖喜劇』」（藤田敬一と。翌月にも分載）。

二〇〇八年（平成二〇年）　九二歳

一月、「西日本新聞」（8日）に「今年こそ福岡へ」」。「社会評論」にインタビュー「文学をめぐる複眼的思考の衝撃」（聞き手＝山口直孝）。二月、「文学界」にロングインタビュー「文学とは困難に立ち向かうものだ」（聞き手＝市川真人）。三月、自らの原点たる対馬を再訪。「愛知県立大学　説林」に「大西巨人氏から見た石川淳文学—大西巨人インタヴュー」。「愛知県立大学文学部論集（国文学科編）」に「大西巨人氏から見た石川淳文学—大西巨人インタヴュー　その二」。四月、NHK教育テレビ「ETV特集　神聖喜劇ふたたび・作家大西巨人の闘い」に出演し、放送される（13日。8月10日及び14年4月13日にアンコール放送）。番組の最後、「作家とはどういうものですか」との問いに対して振り向きざまに発せられた大西本人の返答は、「俺のようなものさ」であった。五月、NHK・BSハイビジョン「日めくり万葉集」に出演し、放送される（4日）。HOWS「〈第9期前期開講講座〉文学の力・非暴力の力」において鎌田哲哉と対談（10日）。六月、「論座」に「作家と論争」。七月、「社会評論」に対談「文学の力、非暴力の力」（鎌田哲哉と）。一一月、福岡市文学館及び福岡市総合図書館で企画展「大西巨人・走り続ける作家」開催（15日～12月21日）。「神聖喜劇」の自筆原稿等が展示され、図録も刊行。当図録にインタビュー「大西巨人氏に聞く」」。一二月、福岡県福岡市のあいれふ講堂で開催された「鼎談～大西巨人さんを迎えて～」に出席（10日。坂口博・波潟剛と）。

二〇〇九年（平成二一年）　九三歳

一月、「季刊文科」に「若山牧水のうた」。三月、「表象03」にインタビュー「真実の追求、歴史の偽造」（聞き手＝石橋正孝）。四月、「NHK日めくり万葉集Vol.5」に談話「庭に立つ　常陸娘子」。五月、NHK教育テレビ「日めくり万葉集」に出演し、放送される（4日）。六月、文京区民センターで開催された「〈活動家集団　思想運動〉創立40周年記念の集い」に出席し、「戦後の文学運動と思想運動―思想運動40年の活動の意味」と題して武井昭夫と対談（27日。進行役＝山口直孝）。「思想運動」（15日）に「プロレタリア詩人吉田欣一氏の逝去」。九月、「金子兜太の世界」に「卓抜な業績」。「朝日新聞」埼玉版（21日）に「政治家像破る気概を」。一〇月、日本大学芸術学部中講堂で舞台公演「神聖喜劇」開催（出演その他＝日大芸術学部演劇学科の三・四年生。8～10日）。「神聖喜劇」を舞台化する初の試み。「社会評論」に対談「戦後の文学運動と思想運動―〈活動家集団　思想運動〉四〇年の活動の意味」（武井昭夫と）。一一月、「朝日ジャーナル別冊」に「再説「わたしの天皇感覚」」。一二月、「ジャーロ」に「大西巨人『神聖喜劇』」。

二〇一〇年（平成二二年）　九四歳

一月、石橋正孝『大西巨人　闘争する秘密』（左右社）刊。大西巨人研究初のモノグラフィーとなる。三月、シアターXで「『花田清輝的、きよてる演劇詩の舞台』春祭り2010」が開催され、「神聖喜劇」のパフォーマンス（脚本＝川光俊哉、出演＝日大演劇学科有志）が披露される（28日）。また、大西本人からのメッセージが配布され、長男・赤人が会場で代読する（4月15日、「思想運動」に談話「花田さんとの最初の縁」〈まとめ＝大西赤人〉として転載）。「福岡市総合図書館研究紀要」に鼎談「福岡に大西巨人氏を迎えて」（坂口博・波潟剛と）。九月、光文社文庫版『地獄篇三部作』刊。NHK教育テレビ「ETV特集　シリーズ安保とその時代（3）　60年安保　市民たちの一か月」に出演し、談話が放送される（5日）。一〇月、「思想運動」（15日）に「同志武井昭夫の永眠に関して」。

二〇一一年（平成二三年）　九五歳

一月、「季刊メタポゾン」創刊号に聞き書き「映画よもやま話」（聞き手＝大西赤人）、語り下ろし「大西巨人短歌自註　秋冬の実」（聞き手＝大西赤人）を連載開始（前者は13年1月の第8号まで、後者は12年6月の第6号まで）。二月、「社会文学」に談話「一九五〇年前後のこと」。三月、東日本大震災および福島第一原発事故発生（11日）。「週刊文春」（17日）に「新・家の履歴書232　大西巨人（作家）」。「二松学舎大学人文論叢」に聞き書き「大西巨人氏に聞く――「闘争」としての「記録」」（聞き手＝山口直孝・飯島聡・鎌田哲哉）。八月、「季刊メタポゾン」第3号に「原子力発電に思うこと」。原発事故もまた「人類にとって必然の一局面」であると捉え、原発反対から賛成の立場に転ずる。九月、「致知」に「『神聖喜劇』で問うたもの」。一〇月、「二松学舎大学人文論叢」に聞き書き「大西巨人・大西赤人氏に聞く――浦和高校入学拒否事件をめぐって」（聞き手＝鎌田哲哉・田代ゆき・山口直孝。話し手として大西美智子も参加）。

二〇一二年（平成二四年）　九六歳

三月、「二松学舎大学人文論叢」に聞き書き「大西巨人氏に聞く――『神聖喜劇』をめぐって」（聞き手＝田中芳秀・橋本あゆみ・山口直孝）。四月、「朝日新聞」（10日）に談話「斉唱は世につれ…　声をそろえて軍歌・君が代・ＡＫＢ　軍規定なかったと記憶」。「週刊読書人」（13日）にインタビュー「大西巨人氏に聞く　吉本隆明君のこと」。五月、「文芸別冊　さよなら吉本隆明」に「吉本隆明の死に関連して」。六月、「季刊メタポゾン」第6号に未発表評論「寓話風＝牧歌的な様式の秘密（前篇）」（10月の次号にも分載）。「現代思想　吉本隆明の思想」に「人間の本義における運命について」。一〇月、「二松学舎大学人文論叢」に聞き書き「大西巨人氏に聞く――作品の場をめぐって」（聞き手＝石橋正孝・橋本あゆみ・山口直孝）。

二〇一三年（平成二五年）　九七歳

三月、「敍説Ⅲ」に聞き書き「「歴史の偽造」に抗して――大西巨人・美智子両氏に聴く」――（聞き手＝田代ゆき）。六月、「季刊メタポゾン」第9号に聞き書き「戦後の文学と政治を語る　夏冬の草」（聞き手＝大西赤人）を連載開始（11月の第10号まで、未完）。一一月二九日、肺炎のため救急搬送され、そのまま入院。

二〇一四年（平成二六年）　九七歳

三月、一二日午前〇時三〇分に肺炎により自宅で死去（享年九七）。葬儀・告別式は故人の遺志に基づき行われなかった。一三日朝にNHK「おはよう日本」及び新聞各紙朝刊が訃報を伝える。一四日午前に遺体が荼毘に付され、親族六名が見送る。四月、「思想運動」（15日）が追悼特集を組む。五月、「すばる」「群像」「文学界」「週刊読書人」（30日）が追悼特集を組む。六月、講談社文芸文庫版『地獄変相奏鳴曲　第一～三楽章』刊（翌月、同第四楽章刊）。河出書房新社編集部編『大西巨人　抒情と革命』刊。七月、批評集『日本人論争　大西巨人回想』刊。生前の大西本人が携わった最後の著作となる。ジュンク堂書店池袋本店で『日本人論争　大西巨人回想』刊行記念トークイベント「なぜ、いま大西巨人を読むのか」が開催され、大西赤人と三浦しをんが登壇（17日）。一〇月、「図書新聞」（11日）に「対談　大西赤人×三浦しをん『日本人論争　大西巨人回想』（左右社）今こそ大西巨人を読むとき」。

二〇一五年（平成二七年）　歿後一年
二月、二松学舎大学で、二松学舎大学東アジア学術総合研究所共同研究プロジェクト「現代文学芸術運動の基礎的研究――大西巨人を中心に」公開ワークショップ「大西巨人の現在――創作の舞台裏――」が開催され（21日）、公開読書会「大西巨人『日本人論争大西巨人回想』を読む」や山口直孝と田代ゆきの研究発表、浜井武の講演「一編集者から見た大西巨人」が行われる。また会場では、大西巨人蔵書の中から『神聖喜劇』に関連するものが特別展示された。三月、「週刊読書人」（13日）に山口直孝「「革命的知性の小宇宙（ミクロコスモス）」――公開ワークショップの研究発表から　大西巨人蔵書が語るもの」が掲載され、大西巨人蔵書の全体像が写真と共に概観される。九月、全国のコミュニティFM局で放送されたラジオ番組「アフタヌーンパラダイス」（パーソナリティは小室等と白神直子）に大西赤人がゲスト出演し、父親・巨人のことやラジオドラマ化された『神聖喜劇』について語る（9日）。続いて武蔵野公会堂ホールで「ラジオドラマで聴く　大西巨人『神聖喜劇』」が開催され（19日）、ラジオドラマ『神聖喜劇』の発表と大西赤人・鈴木邦男・川光俊哉・齋藤秀昭・坂元勇仁（司会進行）らによるトークセッションが行われる。そして最後に、全国のコミュニティFM局で特別番組「ラジオドラマ『神聖喜劇』～大西巨人の想いとは？」が放送され、大西赤人と川光俊哉がゲスト出演し、ラジオドラマを解説付きでオンエア（25日未明）。

二〇一六年（平成二八年）　歿後二年
二月、二松学舎大学で二松学舎大学東アジア学術総合研究所共同研究プロジェクト「現代文学芸術運動の基礎的研究――大西巨人を中心に」公開ワークショップ「大西巨人の現在――変革の精神の系譜――」が開催され（27

日)、石橋正孝と田中正樹の研究発表や川光俊哉の講座「舞台『神聖喜劇』を上演するために」が行われる。また会場では、大西巨人が墨書した作品が特別展示された。

二〇一七年(平成二九年) 歿後三年

二月、二松学舎大学で二松学舎大学東アジア学術総合研究所共同研究プロジェクト「現代文学芸術運動の基礎的研究――大西巨人を中心に」公開ワークショップ「大西巨人の現在――文学と革命――」が開催され(25日)、多田一臣の講演「『神聖喜劇』と万葉集」と絓秀実の講演「大西巨人の「転向」」や坂堅太と橋本あゆみの研究発表が行われる。また会場では、『神聖喜劇』の原稿や関連資料が特別展示された。三月、「かまくら春秋」に大西赤人「「怒り」が原点」(父について語ったエッセイ)。四月、「かまくら春秋」に大西赤人「〝カエルの子はカエル〟」(同上)。一一月、山口直孝・橋本あゆみ・石橋正孝編『歴史の総合者として 大西巨人未刊行批評集成』刊。一二月、実質的に休刊状態であった「季刊メタポゾン」が第一一号を発行し、「特集 大西巨人」を組む。三浦しをん・鎌田哲哉らの追悼エッセイをはじめ、大西巨人と絓秀実の未発表対談や巨人の未完・未収録作品(「八つの消滅」「平和擁護のたたかいに文学的表現を」ほか)等が掲載され、大西赤人による渾身の責任編集が実を結ぶ。妻・美智子が巨人との出会いから看取りまでを綴った回想録『大西巨人と六十五年』刊。

二〇一八年(平成三〇年) 歿後四年

一二月、HOWS連続講座「大西巨人『神聖喜劇』を読む」が開催される(20年3月まで。全10回)。

二〇一九年(平成三一・令和元年) 歿後五年

九月、遺族から自筆原稿約八〇〇〇枚や草稿、日記等の未公開資料が二松学舎大学へ寄託される。一一月、「あるくラジオ」第八回

「パラリンピック、文学そしてネット」に大西赤人が出演して父についても語る（23日）。

二〇二〇年（令和二年）　歿後六年

二月、企画展「作家・大西巨人――「全力的な精進」の軌跡」が二松学舎大学と東京古書会館で開催され、貴重な自筆資料や独自の装幀が施された蔵書等が初公開される（4日〜翌月14日まで。途中コロナ禍による中断はあったが、図録も作成される）。八月、HOWS連続講座「大西巨人の批評を読む」が開催される（翌年2月まで。全4回）。

二〇二二年（令和四年）　歿後八年

三月、二松学舎大学に寄託された大西巨人資料を調査分析する「芸術運動と知識人」研究会よる第一回例会「特集　大西巨人――知識人における見ることと書くこと」がオンラインで開催され、杉山雄大・山口直孝・福田桃子・竹峰義和らが研究発表を行う（13日）。五月、山口直孝編『コンプレックス脱却の当為』刊。

二〇二三年（令和五年）　歿後九年

二月、「芸術運動と知識人」研究会による第三回例会が二松学舎大学で開催され（オンライン併用）、坂堅太の研究発表と「大西赤人氏インタビュー「父・巨人との〈対話〉」」（聞き手＝齋藤秀昭）が行われる（26日）。七月、講談社文芸文庫版『春秋の花』刊（妻・美智子から読者へのメッセージも収録）。

本年譜は大西巨人『地獄変相奏鳴曲　第四楽章』（講談社文芸文庫）所収「年譜」の増補改訂版である。大西赤人、山口直孝両氏から貴重なご教示を頂戴した。また、著書の出版社名は「著書目録」に譲った。

（齋藤秀昭編）

著書目録

大西巨人

【単行本】

精神の氷点　昭24・4　改造社

神聖喜劇　第一部「混沌の章」上・下　昭43・12　光文社

カッパ・ノベルス

神聖喜劇　第二部「運命の章」　昭44・2　光文社

カッパ・ノベルス

神聖喜劇　第三部「伝承の章」　昭44・7　光文社

カッパ・ノベルス

戦争と性と革命　昭44・10　三省堂

SANSEIDO BOOKS 3

大西巨人批評集

兵士の物語＊　昭46・3　立風書房

時と無限＊　昭48・7　創樹社

大西赤人作品集

大西巨人批評集

巨人批評集　昭50・8　秀山社

文芸における「私怨」

神聖喜劇　全五巻　昭53・7〜昭55・4　光文社

巨人雑筆　昭55・12　講談社

日本掌編小説秀作選　昭56・4　光文社

I・II＊

カッパ・ノベルス
天路の奈落　昭59・10　講談社
運命の賭け　昭60・10　晩聲社
遼東の豕　昭61・11　晩聲社
巨人の未来風考察　昭62・3　朝日新聞社
地獄変相奏鳴曲　昭63・4　講談社
三位一体の神話　上・下　平4・6　光文社
三位一体の神話　上・下　平5・3　光文社
カッパ・ノベルス
五里霧　平6・10　講談社
迷宮　平7・5　光文社
春秋の花＊　平8・4　光文社
二十一世紀前夜祭　平12・8　光文社
精神の氷点　新版　平13・1　みすず書房
深淵　上・下　平16・1　光文社
縮図・インコ道理教　平17・8　太田出版
未完結の問い＊　平19・3　作品社
地獄篇三部作　平19・8　光文社
日本人論争　大西巨人回想　平26・7　左右社
歴史の総合者として　大西巨人未刊行批評集成　山口直孝・橋本あゆみ・石橋正孝編　平29・11　幻戯書房
コンプレックス脱却の当為　解纜ブックレット002　山口直孝編　令4・5　二松学舎大学　山口直孝研究室

【全集・選集類】
大西巨人文藝論叢　上・下　昭57・9、昭60・5　立風書房
大西巨人文選　全四巻　平8・8〜12　みすず書房
現代文芸代表作品集　昭24・11　黄蜂社
現代日本映画論大系　昭45・12　冬樹社

3 日本ヌーベルバーグ

私のアンソロジー5　脱俗　昭47・1　筑摩書房

昭和万葉集　巻七　昭54・4　講談社

文学1993　平5・4　講談社

志賀直哉『和解』作品論集成I　近代文学作品論叢書15　平10・12　大空社

キネマの文學誌　平18・12　深夜叢書社

【原作本】

シナリオ　神聖喜劇　平16・12　太田出版

漫画　神聖喜劇　全六巻　平18・5〜平19・1　幻冬舎

【特集本】

大西巨人　抒情と革命　平26・6　河出書房新社

【文庫】

神聖喜劇　全五巻　昭57・1〜5　文春文庫

日本掌編小説秀作選　上・下＊　昭62・12　光文社文庫

神聖喜劇　全五巻（解＝第一巻・森毅、第二巻・鎌田慧、第三巻・吉本隆明、第四巻・鷲田小弥太、第五巻・柴谷篤弘）　平3・10〜平4・3　ちくま文庫

春秋の花＊　平11・3　光文社文庫

迷宮（解＝川上明夫）　平12・2　光文社文庫

神聖喜劇　全五巻（解＝第二巻・阿部和重、第三巻・保坂和志、第四巻・武田信明、第五巻・坪内祐三）　平14・7〜11　光文社文庫

三位一体の神話　平15・7　光文社文庫

上・下（解＝鎌田哲哉）

五里霧（解＝鎌田哲哉、年・著＝齋藤秀昭）　平17・1　講談社文芸文庫

深淵　上・下（解＝鎌田哲哉）　平19・11　光文社文庫

地獄篇三部作　平22・9　光文社文庫

地獄変相奏鳴曲　第一〜三楽章　平26・6　講談社文芸文庫

地獄変相奏鳴曲　第四楽章（解＝阿部和重、年・著＝齋藤秀昭）　平26・7　講談社文芸文庫

春秋の花＊（代＝大西美智子、解＝城戸朱理、年・著＝齋藤秀昭）　令5・7　講談社文芸文庫

【参考文献】

大西美智子『大西巨人と六十五年』　平29・12　光文社

山口直孝編『大西巨人――文学と革命』　平30・3　翰林書房

図録　作家・大西巨人――「全力的な精進」の軌跡　令2・3　学校法人二松学舎

本目録は主要著書目録として作成されたものだが、編共著の類いで重要だと思われるものに関しては、＊印を付して【単行本】及び【文庫】中に加えた。また、大西巨人研究にとって欠かすことの出来ない研究書や回想録も【参考文献】として記載した。【文庫】は過去に出版されたものを全て掲げた。（ ）内の略号は、代＝著者に代わって読者へ、解＝解説、年＝年譜、著＝著書目録を示す。

（作成・齋藤秀昭）

初句索引

☆掲出詩文関係は、ゴシック活字。その他については、ミンチョウ活字。
☆現代音の五十音順による。
☆アラビア数字は、ページ数を示す。
☆括孤（かっこ）内は、作者名または出典名を表わす。

☆あ

☆け

☆こ

☆さ

☆そ

☆た

☆ち

☆ は

☆ ひ

☆ふ

☆へ

☆ほ

☆ま

☆　み

☆　む

☆　め

☆　も

☆れ

☆ろ

☆わ

詩文作者（ないし出典）索引

☆掲出詩文関係は、ゴシック活字。その他については、ミンチョウ活字。
☆現代音の五十音順による。
☆アラビア数字は、ページ数を示す。

☆ア

☆サ

☆ヤ

☆ヨ

本書は『春秋の花』（一九九九年三月、光文社文庫）を底本としましたが、本文中明らかな誤植・誤記と思われる箇所は訂正しました。また、本書収録詩文の作者で、底本刊行時には存命だったものの、二〇二三年六月現在で故人となっていることが判明している作者については、「作者履歴」に没年を加筆いたしました。

Kodansha Bungei bunko

春秋(しゅんじゅう)の花(はな)

大西巨人(おおにしきょじん)

2023年7月10日第1刷発行

発行者……鈴木章一
発行所……株式会社 講談社
〒112-8001 東京都文京区音羽2・12・21
電話 編集 (03) 5395・3513
販売 (03) 5395・5817
業務 (03) 5395・3615

デザイン……水戸部 功
印刷……株式会社KPSプロダクツ
製本……株式会社国宝社
本文データ制作……講談社デジタル製作

©Akahito Ōnishi 2023, Printed in Japan
定価はカバーに表示してあります。

落丁本・乱丁本は購入書店名を明記のうえ、小社業務宛にお送りください。

送料は小社負担にてお取り替えいたします。

なお、この本の内容についてのお問い合わせは文芸文庫（編集）宛にお願いいたします。

本書のコピー、スキャン、デジタル化等の無断複製は著作権法上での例外を除き禁じられています。

本書を代行業者等の第三者に依頼してスキャンやデジタル化することは
たとえ個人や家庭内の利用でも著作権法違反です。


ISBN978-4-06-532253-6

講談社文芸文庫

大西巨人

春秋の花

大長篇『神聖喜劇』で知られる大西巨人が、暮らしのなかで出会い記憶にとどめた詩歌や散文の断章。博覧強記の作家が内なる抒情と批評眼を駆使し編んだ詞華集。

解説＝城戸朱理　年譜＝齋藤秀昭

978-4-06-532253-6　おＵ４

加藤典洋

小説の未来

川上弘美、大江健三郎、高橋源一郎、阿部和重、町田康、金井美恵子、吉本ばなな……現代文学の意義と新しさと面白さを読み解いた、本格的で斬新な文芸評論集。

解説＝竹田青嗣　年譜＝著者・編集部

978-4-06-531960-4　かＰ７